研究叢書④

狐の文学史

〔増補改訂〕

星野五彦 著

万葉書房

はしがき

初めに本書の増版に際し、旧版出版社の新典社・岡元学実社長の御厚意ある御了解を得たことを先ず謝しておきたい。

旧版の「あとがき」でふれたように、狐と日本人の関わりは深く長い。そのため文学や伝承説話・民話・芸能や宗教等多方面で扱われています。

狐と日本人の関わり方が近隣諸国ではどのようになるのであろうか。その一端をみるべく、増補の本書に取り入れてみました。第七章がそれであります。

ありがたいことに旧版は早々に絶版となりその再版を望む声を聞き、増補版出版となりました。

この増補版出版に際し、万葉書房代表の星野浩一氏の懇意に接しました。謝意を表する次第です。

二〇一七年一二月記

はじめに

狐との出会いから早いもので、もう三十余年になります。

狐との出会いと言いましても、動物園での出会いでもなければ、自然獣としての野狐でもありません。厳密には狐憑《ツ》き現象との出会いがそれであります。その時の印象が鮮明でありましただけに、この不可思議な「狐」に対して、特別に気を惹《ヒ》かれるものを感じていました。

狐憑き——と言えば、これは現代精神医学では精神分裂病の中の憑依《ヒョウイ》妄想として扱われるものでありましょう。憑依妄想かその状態によっては化身《ケシン》妄想として治療を受けるわけです。しかし、考えてみますに、どうして狐だけが格別に狐憑きとして持て囃されるのでしょうか。

憑きもの現象ならば犬憑き、猿憑き、狸憑き、蛇憑き、猫憑き、等数え挙げれば十指に余りあるものがあります。

読者のなかには猿憑き、狸憑き等の名前をはじめて目にされた方もありましょう。だが、狐憑きになりますと、誰でも知っております。それ程、狐憑きは知名度が高く、あたかも憑きものの代表のような感さえあります。どうして、こんなに狐は憑きものと深い関係にあるのでしょうか。

こうしたことから、狐に対して関心を持ってみますと、折々これが目に飛び込んで来ます。

我々の周囲には、他の動物に較べて遥かに多くの狐名が存在していることに気付きます。例えば、植物名

をちょっとみただけでも

狐アザミ　狐ガヤ　狐ノエフデ　狐ノオ　狐ノカミソリ　狐ノシャクジョウ　狐ノタイマツ　狐ノタスキ　狐ノチャブクロ　狐ノテブクロ　狐ボタン　狐マゴ　狐ヤナギ　狐ノササギ　狐ビンザザラ　狐マクラ　狐バリ　狐マメ

といった具合にです。

ところが、狐と対比される狸はどうかと見ますに、意外に少なく

狸マメ　狸モ　狸ラン

等があるくらいです。

このように、狸に較べて狐の方が植物の場合、多く取り上げられていますが、これは、植物に限ったことではなく、他においてもみられる現象です。ところが、実物をみますと、狸の方が愛嬌があって親しみをおぼえます。

狐に対して歌人や詩人、あるいは小説家等は盛んにとりあげております。小説の題名に用いたり、狐そのものを詩人はうたいあげてもおります。その例を詩人・室生犀星《ムロウサイセイ》（明治二二～昭和三七・１８８９～１９６２）で見ますと、「地上巡礼」第一巻第三号（大正三年一一月）で

狐

狐はこんこん
狐は神聖
偉いなる狐の道
狐貴様の巣
狐貴様の信心《シンジン》
狐の嫉妬
されども熱き狐の涙

と言った具合にです。あるいは「歳時記」を見ますと、初冬の季語に狐、中冬のそれに狐火等が見えますが、狸のそれは見当たりません。狸は狐よりも表情にせよ、体型にせよユーモラスでありますのに。

このように考えてきますと、何故、どうして、狐は特別視されるのでしょうか。こうしたことから、では我々の祖先はこれをどのように捉え、接して来たものか、こうした諸点を文学を通しながら追ってみたい、そう思ったところに起稿の動機があります。

このような気持で上代文学から近世文学、民話そして日本と関わりの深い国、中国の民話等を追いかけながら、狐の動静を見、民俗学その他を援用してみましたが、結局は著者自身への解答にはならず、逆にかえって疑問を残すのみになってしまいました。その意味では一里塚で嘆息している結果になってしまった次第であります。

目次

第一章　上代文学に見る狐

はじめに

上代社会──そこはアニミズム（Animism）シャマニズム（Shamanisum）の交叉する社会であります。

アニミズムとは『日本国語大辞典』（小学館刊）で見ますと

自然界のあらゆる事物に、霊魂があると信ずること。有霊観、万有有魂観

とあり、一方のシャマニズムについて、同書は

巫女、あるいはそれに準ずる男の道士が厳格な修行ののち、精霊と交わり、一種の没我の境地のなかに悪霊や病魔を追い払い、吉凶の判断、予言などを行なうもの

とあります。

こうした社会であるだけに、不可解なものに対する畏怖の念は神と結び、それは伝説・説話へと展開し人心をして空想と現実の交叉したものにし、想像は創造へと進化、進展してゆくことになります。その例を我々は動物を通して見ることができます。

動物と言いましても元来、幾多の習性を有した種々のものがあります。それらのどれもこれもが大なり小

なり畏怖の対象であり、神秘なものであったでしょう。とりわけそれを生活の場を基にして見た場合、そこに生活する者の取捨選択、殊に好悪の感情等により、とりあげられるものが自ずから限定されてきます。もしそうでなく取り上げられたとしても、それは活きたものとしてではなく、形骸化されたものに止まるでありましょう。一例を挙げますならば、『万葉集』巻一六の三八三三番歌に

虎に乗り古屋を越えて青淵《アオフチ》にみづち取り来《コ》む剣《ツルギ》大刀《タチ》もが

（虎に乗って古い屋を越えて青い淵に龍をとってくる、その剣大刀が欲しいものだ）

というものにおける虎や龍が、ただその名前を折り込まれているだけで、その習性を活かしたり、その特徴を表出されていないようにであります。

このように、そこに現われる動物はその採り上げた人間の環境は言うに及ばず、その心理作用を受けずにはおられないものになります。そこに動物と文学との関連性が含まれるのであります。

こういいますと、読者の中には、動物の「どれもが大なり小なりにおいて畏怖の対象」であると記したことに対して疑義を感じるかも知れません。この点につきましては後ほど触れる予定であります。

一　六国史に見る狐

上代における「狐」の所見は正史である『日本書紀』であります。周知のように、『日本書紀』は養老四（七二〇）

年に撰上された我が国最初の正史であります。それの巻二六の斉明天皇の三年、即ち六五七年の条に

岩見の国言《マヲ》さく、白狐見ゆ（原漢文）

（岩見の国―現在の島根県―から白狐を見たという報告があった）

というのがそれであります。

ここで、ただ単に「狐見ゆ」としないで「白」を付けましたのは、白の清純無垢な印象からこれを祥瑞とみたからであります。

白を冠したものは右の白狐の他に、『日本書紀』には多く、白雉《ハクチ》（推古七年九月の条）、白雀《ハクジャク》（皇極元年七月二三日）、白鵄《ハクシ》（天武四年正月一七日）等といった具合であります。これについて興味深い数字があります。それは太田善麿氏の出されたもので[1]、氏が「見方によって多少数字は変ってくるであろうけれども、これによって概況を知ることができるであろう」[2]として色別による統計を出されたもので、それに拠りますと、上位五位までは

シロ	一七〇件
アカ	九〇件
アオ	五八件
クロ	五二件
キ	四七件

であります。シロがアカの倍近い数値であることを知ります。

この「白」を基にしたもので、面白い資料が残されております。それは延長五（九二七）年に撰上された『延喜式』で、その巻二一は治部・玄蕃・諸陵から構成されていますが、その治部省の最初が祥瑞になっております。そこには「白」を冠したものが、その希少価値の順に「大瑞」から以下「下瑞」までの四段階に分けて記してあります。因みに見ますと

大瑞　白象

上瑞　白狼　白狐　白鹿　白鼺《ノロ》

中瑞　白鳩　白鳥　白雀　白兎

下瑞　白鵲

といったものであります。これにより、狐は上瑞として扱われていることが知られます。

元に戻り、再び『日本書紀』をみますと、もう一カ所狐が登場してきます。それは右の一年置いた斉明五（六五九）年の条で

是歳　狐於友《オウノ》郡の役丁の執れる葛《カズラ》の末を嚙ひ断ちて去《イ》ぬ

（この歳、狐が於友郡の役丁の取り入れた葛の末端を嚙みきって消えた）

とあるのがそれであります。

これは自然獣としての行動の一面をそのまま見るだけのことでありますが、一つ気になりますことは、狐

と葛は切っても切れない関係にあるが、その葛が既に狐と結びついて、ここに登場してくることであります。

次に『続《ショク》日本紀《ギ》』であります。この書は延暦一六（七九七）年に撰上されたもので、四二代文武天皇から五〇代桓武天皇まで、年代にして六九七年から七九一年までの九四年間の記録書であります。

これを見ますに、和銅五（七一二）年七月一五日の条に

　伊賀の国、玄狐を献す（原漢文）

（伊賀の国—現在の三重県—が玄狐、即ち黒色の狐を献上した）

とあるもので、これはその後、同年九月三日の条に

　伊賀の国司阿直敬等が献するところの黒狐は即ち上瑞に合へり

（伊賀の国の国司・阿直等が献上した黒色の狐は上瑞に適うものである）

と見え、その翌日、阿直敬は

　正六位上阿直敬に従五位下を授く

とあって、授位しているのであります。

先の『延喜式』のところを見ますと、黒色関係で祥瑞のものは

上瑞　玄狐神獣也　玄鶴

中瑞　玄貉《ムジナ》

下瑞　黒雉《キジ》
とあります。従って、阿直敬の献上したものは上瑞に見られるものであります。
次いで、霊亀元（七一五）年正月元日の条に
是の日、東方に慶雲見《アラ》はる。遠江の国白狐を献す。丹波の国白鴿《ハト》を献す
（この日、東の空に慶雲があらわれた。遠江の国―現在の静岡県―が白狐を献上した。丹波の国―現在の京都府―は白鴿《ハト》を献上した）
とあります。ここでも白狐は祥瑞として扱われていることです。
次いで、この六年後の養老五（七二一）年正月元日の条に
武蔵《ムサシ》・上野《カミツケ》の二国並に赤鳥を献す。甲斐の国白狐を献す
（武蔵―現在の東京都―、上野―現在の群馬県―の二国が同時に赤鳥を献上した。甲斐の国―現在の山梨県―は白狐を献上した）
と見えます。
ここで気の付きますことは、白狐や玄狐の白や黒と同様に赤色も祥瑞として採り挙げられていることです。
先の『延喜式』を見ますと、赤色関係は白や黒に較べて少なく
上瑞　赤羆《イム》　赤熊　赤狡
中瑞　赤狐　赤豹

の二種類が見えるだけであります。

四番目はこれより一九年後の天平一二（七四〇）年正月朔日の条で

　飛騨の国より白狐白雉を献す

　（飛騨の国—現在の岐阜県—から白狐と白雉を献上してきた）

とあるもので、祥瑞として扱われております。

こうして見ますと、いずれも祥瑞のものとして狐が扱われていたことであります。ところが、祥瑞でないものとして、初めて狐が登場してきますのが、宝亀三（七七二）年六月二〇日の条で

　野狐あり、大安寺講堂の甍《イラカ》に踞る

　（野狐が居て、大安寺の講堂の屋根の棟瓦のところでうずくまっていた）

というものであります。次いで一年置いた宝亀五（七七四）年正月二五日の条を見ますと

　山背の国言す。去年十二月、管内乙訓の郡乙訓の社において狼及び鹿多く、野狐一百許り毎夜鳴く。七日にしてすなわち止むと。

　（山背の国—現在の奈良県—の言うには、去年の一二月、管内の乙訓郡の乙訓の社において狼や鹿は多く、野狐百頭程が毎夜鳴いて、（それは）七日を過ぎてようやく止んだ、と）

というものです。

ここにおける野狐の夜鳴きや狼や鹿が多く居たことが、何かの前兆の如くに見えますが、その点、直接結

びつくものを見いだすことは出来ません。

次いで、その翌年の宝亀六（七七五）年五月一三日の条を見ますと

野狐ありて大納言藤原朝臣の魚名の朝座に居す

（野狐が居て、大納言藤原朝臣の魚名が朝廷で座るその席のところに居た）

とあります。

この二月後の八月七日の条には短く

野狐あり、閤門に踞れり

（野狐が居て、くぐり戸のところにうずくまっていた）

ともあります。

先の大安寺の講堂の屋根の棟瓦の狐と言い、或いは朝座での狐と言い、いずれも不気味な要素を備えていることとです。

この書での最後は延暦元（七八二）年四月一二日の条に見える

重閣門に白狐見はる

（重閣門に白狐が現れた）

というものです。

さて、このように『続日本紀』を通覧して見ますと、八世紀の中葉までは祥瑞として扱われたものが、そ

の後半から妖獣の要素をもって扱われていることであります。この時期に神獣から妖獣へと変化が見えるわけで、そのためか、同じ白狐であっても右の延暦元年のはそれが現れた、と記すのみです。

この様に見てきますと、『延喜式』で祥瑞として白狐が扱われている点は、少なくても八世紀中葉までの観念であり、それ以前に成ったものの「式」への残存と見ることができないでしょうか。

ところで、『続日本紀』をこのように見て来ますと、幾つかの問題が残ります。その内の一つに、右で見ますように、赤・白・黒という様々な狐がいるのであろうか、ということです。同じことは、他の動物についても言えることとです。この点を次に考えて見ることにしましょう。

これについては、幾つかの答えが用意されましょう。

その一つは唐の六典《リクテン》を初めとして、中国の採色思想の転用ではないかということであります。

一般に知られる「白馬の節会」の「白馬」※を「ハクバ・シロウマ」と言わず「アヲウマ」と読み、その節会が平安期において重要な年中行事の一つであったのに代表されますように。

※白馬の節会　正月七日、天皇が左右馬寮《メリョウ》の引く白馬を見る行事で、これを見れば年中邪気を避けることが出来ると言われるもの。

あるいは、養老二（七一八）年、藤原不比等によって成る『養老律令』という法令があります。その内の一つに「衣服令」というものがあります。これは天皇以下諸臣までの衣服について定めたものですが、殊に色と階位の関係が細やかであります。こうした観念は中国の採色観の転用であろうと言われております。

このように、上代においての中国の採色思想がわが国に承けつがれていると思われるものが多く存在しております。『延喜式』における祥瑞の部は殊にその感が強いので、こうした観点からこれを見ることができないであろうか、ということであります。

第二は、他の動物についてのことは稿者は知りませんが、狐について見ますならば、実際の狐から理解できるのではないか、ということであります。

狐といえば、茶色のものと相場は決まっていますが、遺伝において突然変異による銀色等の変異が多いことは良く知られていることです。従って玄狐というのも脚の前面は黒ですが、その比重の多い、即ち黒色がかったものが、こう呼ばれたのではないか、ということであります。又、赤狐については北米からヨーロッパ、アジアの大半、並びにアフリカの一部に亙る広域に棲息するもので、日本では全域に亙っているものであります。それ故に稀少度から見て、先に見ましたように中瑞とされたのではないかと考えられることであります。

第三は、色彩そのものからの印象化ということであります。例えば赤は一般に情熱といわれますが、それは後世のことであって、赤色に呪力を認めることは民俗学での常識であります。そういう観点でみますならば、

赤　呪力

白　清純無垢

黒　幽静深玄

等となり、そうしたイメージの形象化からの色彩を認めることが出来るのではないか、ということでありま す。

三番目に『日本後紀』を見ることにします。

本書は藤原緒嗣《オツグ》等により承和八（八四一）年に撰上されたもので、延暦一一（七九二）年から天長一〇（八三三）年に至る編年体記録書であります。

ここでは、狐については二度程採り上げております。先ず初めが大同三（八〇八）年八月一六日の条で

野狐、朝堂院の中庭に窟《ホラアナ》し常に棲む。十余日を経て見《アラ》はれず。

（野狐が居て朝堂院の中庭に巣食っていたが、十余日を過ぎたら見えなくなった）

というものであります。他の一つは弘仁三（八一二）年七月五日の条にあるもので、

野狐あり、朝堂院に見はる。

（野狐が居て、朝堂院に現れた）

というものであります。

ところで、この二つの記事を見ますに、その場所がいずれも「朝堂院」であります

朝堂院とは言うまでもなく、八省院のことであります。それは朱雀門を入ると、その正面に応天門があり、

そこを更に入りますと、その左右に朝堂院があり、そこに中庭があります。

朝堂院即ち八省院は八省百官の朝参の行なわれるところであります。従って、そこは大内裏の中でも主要路ともいうべき中心地であります。そこに狐が現れたり、棲息したというのであります。それがたとえ一時的であれ、現実にあり得たことであろうか、ということになりますと理解に苦しむと言わざるを得ません。勿論、逆説的に、だからこそ正史に記載されたんだ、と言われてしまえばそれまでのことでありますが・・・。

又、ここにおいては祥瑞の要素はなく、野生の狐の姿があるのみです。

この『日本後紀』には狐について「白」をつけ祥瑞として扱っておりませんが、白鳥や白雀等は共に祥瑞のものとして相変わらず扱われているのであります。

第四に『続日本後紀』を見ることにしましょう。
本書は藤原良房により貞観一一（八六九）年に撰上されたもので、天長一〇（八三三）年から嘉祥さん（八五〇）年にわたるものであります。
ここでの狐は前記の『日本後紀』と同様に二度しか記載されておりませんその初めのものは、巻二の仁明天皇の天長一〇（八三三）年八月一二日の条で
狐あり走りて内裏に入り、清涼殿の下に到り、近衛等これを打殺す
（狐が居て、内裏に走り入った。清涼殿の床下に追い詰めて近衛等がこれを打殺した）

というものであります。

右の一三年後の嘉祥二（八四九）年二月一三日の条では

狐内裏に入り犬逐出す。月華門より逃げ、南殿の上に昇し遂に犬の噬む所となす

（狐が内裏に入ったので犬が追い出すと、月華門から逃げ出して南殿の上に昇ったが、遂に犬の噬むところとなった）

というものであります。

この二件を見ますと、一方は清涼殿であり、他方、南殿即ち紫宸殿でのものであります。これらはいずれも、庶民にとっては恐れ多いところです。

ここにおきましては、先の『日本後紀』に妖獣へと化した狐は打殺され、噬まれるという始末で、白狐献す等というものからは程遠い観があります。

なお、月華門は右近の橘のある左側の校書殿と安福殿の間にある門のことで、清涼殿といい、月華門といい、共に内裏の中でも中心的位置のところであります。

第五に『日本文徳《モントク》天皇実録』を見ることにしましょう。

これは一般に、『文徳実録』と略称されております。

本書は元慶二（八七八）年藤原基経等により撰上されたもので、嘉祥三（八五〇）年から天安二（八五八）

年に到る文徳天皇一代の国史であります。

この書における狐は斉衡二（八五五）年閏《ウルウ》四月一四日の条に

狐有り昼見はる。近仗に命じ駈《オ》ふ。走りて御前を過ぐ、帝射てこれを獲ふ

（狐が居て、昼間現れた。近仗即ち宮中の近くでその警衛にあたる者に命じて追う。すると狐は走って帝の御前を過ぎようとしたので、帝は弓で射て、これを獲えた）

というのが一度見えるだけであります。

このように、年代を追って眺めてみますと、地方からの白狐や玄狐等の祥瑞として献上の最後は、『続日本紀』の天平一二（七四〇）年の条のものでありました。これを機として狐は妖獣の性格を強め、不吉なものとして見られ、やがて近衛や犬によって打殺されたり嚙まれたりして、最後には帝によって射られて、六国史の最後であります『日本三代実録』（九〇一年成立）を待たずして、その姿を正史から消すことになるのであります。

こうした国史での狐が散文、殊に仏教説話ではどのように描かれているのでしょうか。この点を『日本霊異記《リョウイキ》』を通して見ることにします。

二　日本霊異記に見る狐

正史において痛めつけられ祥瑞の場から迫害される側に転ずる頃、それへの復讐?からでしょうか、その活ける場を散文の世界に求め、人間と対等に、時にはそれより優位に立って報復?するものとして展開されます。

それを弘仁一三（八二二）年頃に成った僧景戒の『日本霊異記』、正式には『日本国現報善悪霊異記』を初めとして、『源氏物語』や『今昔物語集』等に見ることが出来ます。

まず、『日本霊異記』略して『霊異記』を通して、狐がどのように描かれているかを見ましょう。

『霊異記』に見えますものは、『今昔物語集』等に較べて数こそ少ないが、質においては『源氏物語』や『今昔物語集』等には見えない独自性が有り、その意味では見劣りのするものではありません。

即ち、ここにおける行動や性格を見ますに、第一に魔性《マショウ》を有する不吉なものとして、第二に変化《ヘンゲ》のものとして登場してくることであります。

先ず、第一の点からみますに、下巻の第二話に「生物の命を殺して怨を結び、狐狗《イヌ》となりて互に怨を相報いる縁」（生き物の命を奪い怨みをうけ、狐狗となって互いに怨みをもって相手に報復すること）というのがあります。そこでは

> ある所に病気の者が居た。そのものは僧侶の呪文で治すために祈禱をたのむと、呪文を唱えている時だけは快方するが、すぐ又悪くなる。その内、病気の者がいうには「自分は狐である。この病気の者が前世で自分を殺したので、その怨みを報いているのである。もしこの人がひょっこり死んだならば、きっ

と犬に生まれ代わって自分を殺すであろう」という。やがてこの病気の者は死んでしまった。その後一年を過ぎてその病人の死んだ部屋に弟子の僧が臥していると、繋いである犬が吠えて走ろうとするので自由にしてやると、その病人の居る部屋に飛び込んで狐を嚙み、引き出してきた。嚙んで放さないので、狐は死んでしまった。この事から、はっきりと分かることは、死んだ人が今度は犬になってその怨みを報いたということである。

というものであります。

ここにおいて、我々は二つのことに注目させられます。その一つは六道輪廻観《リクドウリンネカン》が見えることとです。あと一つは狐が実際に棲息するところの狐として、即ち有形のものとして扱われていることとであります。

第一の六道輪廻とはリクドウリンネ、又はロクドウリンネと発音するもので、地獄・餓鬼・畜生・阿修羅・人間・天上の六種の境界を一切の悟らない者が輪廻しておもむき住むという観念のものです。

この話では、悟りのない者が畜生となって互いに報復しあっているわけです。

第二については、近世や近・現代での狐憑きの狐というものは、無形であるのが普通ですが、有形の場合は米粒か粟粒位のもの、さもなければネズミ位の小形のものというのが、一般的であります。これに対して、右の狐の描写は普通一般の狐の姿であり、それが部屋の隅にいたが人には見えず、犬により見つけられた、というわけであります。仮に病人の目に入る場所や目に見えるものであれば、既に追い出されていたでありましょう。もし姿の見えない無形のものが犬によってのみ見え、嚙みつかれたので正体を現したものと見ますならば、一段と不気味さの増したものといえましょう。

もう一つ見ましょう。これも下巻に見えますもので、その三八話は「災と善との表相まづ現れて、後にその災と善との咎を被る縁」（災と善との前兆が先ず現れて、その後にその災と善との実現をうける）というもので、そこでは

景戒の住む室の近くで夜ごとに狐が鳴く。それだけでなく堂の壁を狐が掘って堂内に入り仏座の上に屎をまき散らす。あるいは昼間住居に向かって鳴く。こうしたことが二百二十余日続いた後の一二月一七日に景戒に仕えている男が死んだ。又その二年後の一一、一二月の頃、景戒の家で狐が鳴く。又、時々しじか虫（にいにい蝉《ぜみ》のことか）が鳴く。その翌年正月に景戒の馬が死んだ（以下略）

というものであります。

ここにおいては、不吉なことの前兆を報せるものとして、狐が扱われております。この事で思い出されるものに、中国の説話があります。

それは晋《シン》代（二六五―四二〇）になった干宝の『捜神記《ソウシンキ》』（三二〇年前後成立）の巻三の第五話「狐が鳴いた時」（原漢文）というもので、それは

或る男が母親の病気の重いのを心配して、占師に占ってもらうために出掛けようとしたら、突然狐が鳴いた。男がその旨占師にいうと、狐の鳴いた場所で泣いて、全員を家の外に出すと良いといわれた。男がその通りにして、全員が家の外に出た途端に家が崩れ落ちた。

というものであります。

次に第二の点を見てみましょう。即ち「変化」の諸相の見えることであります。

まず、具体的にそれらについて見てみます。

上巻の第二話に「狐を妻として子を生ましむる縁」(狐を妻にして子供を生ませた)というものがあります。これは平安時代の嘉保元（一〇九四）年に成ったと見られる『扶桑略記』にも採られているもので、次のようなものです。


三野国（美濃―現在の岐阜県）の大野郡の某が妻とすべき女性を求めて旅にでると野原で一人の女性にめぐりあい、連れ帰り、やがて男の子が生まれた。この家には犬がいて、その犬が主婦に敵意を表すので、夫にその犬を打ち殺せというが、夫は慈しみの心があるのでそうはしない。ある時、主婦が臼の収まっている部屋に入った時、その犬が噛みつこうとしたので、ビックリして狐となって垣根の上に登った。それを見て夫は「お前との間に子供がいる。(だから)俺は(お前のことを)忘れる事が出来ない。毎夜来て一緒に寝よう」と言った。その夫の言葉に従って夜々来て共寝した。それで狐(来《キ》つ寝《ネ》)と言った。その子供は姓を狐の直といい、力強く、走れば鳥の如くである。三野国の狐の直《アタイ》等の先祖がこの人である。

この説話は先に触れましたように、『扶桑略記』や鎌倉初期の建久六（一一九五）年位までに成ったかと見られる『水鏡』にも採られております。

この話は言うまでもなく、「キツネ」という語の民間での起源を説明したものであります。と同時に、異類との婚姻はその本性が相手に知られ、見破られた時に解消するのが常であるということであります。

ところが、右で見ましたように『霊異記』では、その後においても夜々来ることによって、その関係が継続（といいましても、暫くしてその妻は去ってしまうことになります）します。

この事は上代にあっても注目すべきことであります。といいますのは、同じ上代であっても例えば『古事記』（太安麿により和銅五（七一二）年に撰上されたもの）を見ますに、その上巻の最後部は豊玉毘売命《トヨタマヒメノミコト》の神話になっております。そこでは出産に際して人は「本国での形（本性に戻って）になって生むものです。ですから私もそうして生みますので、決して覗き見をしないでください」といいますが、その誓いを破って見てみますと、鰐《ワニ》となって這いのたくっておりますので、ビックリして逃げ帰ってしまいます。すると、豊玉毘売は恥ずかしく思って海に帰ってしまいました。ところが、『霊異記』ではそれが破綻しないで続くことであります。

こうした点に、上代の民間神話の「大らかさ」というものを感ずるのであります。

又、この話では本性を見破られるのが人間によってではなく、犬によるという点では、やはり注目されます。右の『古事記』の神話にせよ、現代、誰でも知っている「鶴の恩返し」にせよ、いずれもそれは犬や狐等の動物でなく、人間による破綻なのであります。従って、人間がそれを守りさえすれば、破綻は存在しないことになります。

ところが、ここではそれが犬によって生ずるということで、明らかに異なる点であります。これは多分に、民間における動物と人間の共存性の濃い段階での姿によるものであると言えましょう。こうした点に、同じ上代でも『古事記』のものに政治性の色彩を感ずるのであります。

もう一つ見てみましょう。それは中巻の第四〇話の「悪事を好む者、もちて現に利鋭にうたれて悪死の報を得る縁」（悪事を好む者が、その為に刃物で殺されて悪死の報を受ける）を見ますに、次の通りであります。

　橘奈良麻呂は野心を持ち逆党を招きあつめ、その上諸々の悪事をする者だったので、その部下の奴《ヤツコ》も又同様のものであった。奈良麻呂の奴は奈良山に鷹狩りをしに行った。見ると、狐の子が多勢いるのでその内の一匹を捕まえて、木串に刺して狐穴の入口に刺しておいた。一方、奴の家には赤ん坊がいた。母狐は怨み、奴の子の祖母に化けて赤ん坊を抱き、自分の穴の入口に来て、そこで我が子が串刺しにされたように、奴の子を串刺しにしてその入口に立てた。

ここにおいては、『今昔物語集』にもしばしば出て来る、本物と寸分違わない妻や乳母等のように、同形の祖母に化けて奴の子を攫《サラ》い出して同様に報復するという、その原型が見えることであります。

もう一つ見ましょう。

それは中巻の第四話にある「力女、力較べを試みる縁」（力のある女が、力くらべをためす）であります。これは先の上巻の第二話に関わるものであって、次のようなものであります。

　三野の狐という、一人の力のある女が居て、百人力を誇り、市内を往来する商人を悩ましていた。他方、尾張国（現在の愛知県）にも力女が居た。この力女は三野の狐の力の噂を聞き、懲らしめてやるためにその市に行き、三野の狐を力で抑え、その市から追い出してしまった。

この話はその後、『今昔物語集』の巻二三の第一七話にも採られたものであります。

このように、第二の点を見ますに注目されることは、狐が婦女に化けることで、これは以後の常軌となり、その意味では化け方の基盤を敷いたということになりましょう。又そこに、日本的性格をみることでありま す。と言いますのは後述しますが、中国の狐は多く、学者や僧侶等の知的男性に化けます。これに対して日本のは、現在に到るまで多く女性に化けることであります。

右に見ましたように、超人的なものとして、あるいは変化のものや不吉なものとの関連において、狐が採り上げられますのは、その様相において上代人は飛び抜けて力のあるものとか、異常に速いものとか、又は異状や異様な形態のものを恐れ、それらについての恐怖観念を抱いていたからでありましょう。そうしたものの薄気味悪さに魔性が潜在していたと見たからで、そこに信仰形態にまで高められ、ひいては民間信仰になる一因があったといえましょう。

『霊異記』での狐をこうして見てくるなかで面白いことは、六国史で祥瑞としての場を追われるのと、変化となり散文・説話の世界で活けるものとしての時期がほぼ一致することでありましょう。それはまさに、国史での仇を散文・説話の世界で晴らすといった感じすら覚えることであります。

次に韻文の面から見ることにしましょう。先ず、『万葉集』です。

三　万葉集に見る狐

上代の韻文といえば、『万葉集』と記紀の歌謡が中心になります。これらの内、狐の見えるのは『万葉集』であります。

この書の成立は未詳であります。歌の最後は天平宝字三（七五九）年であり、宝亀二（七七一）年以後の程ない頃の成立といわれております。従って、大体八世紀の後半に成立したとみておけばよいでしょう。

さて、この書において狐の出てきますのは、一回だけであります。

それは長忌寸意吉麻呂《ナガノイミキオキマロ》の歌八首（三八二四―三八三一番歌）の第一番目にあるもので、

さしなへに湯わかせ子等《ドモ》櫟津《イチヒツ》の檜橋《ヒハシ》より来《コ》むきつ（狐）に浴《ア》むさむ

（さしなべに湯をわかせよ若者たちよ。櫟津の檜橋を渡って来る狐に浴びせてやろうよ）

というものです。この歌には左注（歌の左側にあって、歌について注記したもの）があって

右の一首は伝へて云はく、一時《アルトキ》に衆集《モロモロツド》ひて宴飲《ウタゲ》しき。時に夜漏三更《ヤロウサンコウ》にして狐の声聞ゆ。すなはち衆諸《モロヒト》、興麻呂を誘ひて曰《イ》はく、この饌具・雑器・狐の声・川・橋等の物に関けて、但《タダ》に歌を作れ、といへれば、即ち、声に応へてこの歌を作りきといふ

（右の一首について伝え聞くに、ある時、大勢が集まって宴会をした。時に三更、即ち午前の四時頃

になって狐の声が聞こえた。そこで、集まっていた大勢の者が意吉麿に唆《ソソノカ》していうには、「ここにある食器、即ちさしなべや諸道具、狐の声、川、橋等のものを折り込んですぐに歌を作れ」と、それに応えてこの歌を作ったということである）

というもので、巻一六―三八二四番歌にみえるものです。

この場合、問題になりますのは結句の「狐に浴むさむ」であります。

このことで思いあたることは、今では少なくなりましたが、大阪、兵庫、奈良等をはじめ諸地方に見られる野施行のことであります。これは寒中の餌の少ない時期に豆飯、豆、豆腐粕、油揚げ等を田や畑に置いて、狐や狸等の動物に与えることで、その慈悲の施しによって福が報いられるという信仰であります。

確かに、歌それ自体においてはその左注に見ますように、宴会の折の身辺の物名による即興的なものでありますが、湯を沸かして狐に暖をとらせてやろうというあたり、こうした民間信仰の発想と同質なもののありますことに気がつきます。

四　風土記に見える狐

『風土記』は「フドキ」とよみ、「フウドキ」とは読みません。

これは、その国の地名の起源や産業、古老の伝承あるいは地味について記したもので、現在次の五つの『風土記』が残っております。即ち、「常陸国風土記」（現在の茨城県）、「出雲国風土記」（現在の島根県）、「播磨国風土記」（現在の兵庫県の西部）、「豊後国風土記」（現在の大分県）、「肥前国風土記」（現在の佐賀、長崎両県辺りの古称）がそれであります。

これらの『風土記』の成立は大体、八世紀初葉の七一三年から七三三年位のものです。

この五風土記の内、「狐」に関係のあるものは「出雲国風土記」だけです。

これをみますと、例えば意宇郡の場合「諸の山野にあるところ」のものとして

熊・狼・猪・鹿・兎・狐・むささび

等の禽獣（鳥、獣）が見えます。その中に右のように、「狐」がみえます。同様に秋鹿郡・楯縫郡・出雲郡・神門郡・仁多郡等にも皆「狐」が見えます。ところが、右に一言しましたように、他の風土記には全く見えません。

そうした中で逸文（散逸し一部だけその形を残しているもの）の中に「丹後国風土記」（現在の京都府の北部）があり、そこに浦島太郎の話の原型の一つと考えられる「日置の里、筒川の村」のことがでております。そこに狐が譬えとして出ています。

雄略天皇の頃（四五六～四七九）、水江の浦の島子という秀麗な男子が居て、漁に出たが、三日三夜、魚一匹釣れなかった。ところが、五色の亀を釣りあげた。それは島子が寝ている間に美麗な乙女になった。そこで問答が始まる。島子が「人の居ない海原で急に現れた貴女はどなたですか」と、これに対し

て乙女はいう「風流の人が一人で滄海におりましたので、親しく語らいたい気持ちを抑えることが出来なくて、風雲に乗って来ました」と。島子が又問いかけて「風雲に乗ってどこからきましたか」と、乙女がそれに答えて「天上世界の人（間）です」と。こうした会話の末、二人は海中にある宮殿に辿り着く。城門のところで待たされている時に、七人の童子が来て「この方は亀姫の夫です」というのを聞いてその名前を知る。やがて乙女が来て「先程の七人は「昴星《スバル》（スバル―プレアデス星団）です」と言う。こうしていつしか三年の歳月が流れた。時折島子が故郷を思って嘆息しているので乙女がその理由を尋ねると、島子は「古人が言っているように、小人は土《クニ》を懐いなつかしみ、死んだ狐は丘を枕にする（巣のある丘の方角を向いて死ぬ）と、自分はそんな事は嘘だと思っていたが、今、それが真実であると知った」と。こうした語らいの後、玉匣《タマクシゲ》（櫛等を入れる箱）を貰い、決して開けてはいけないという約束のもとで、元の村に帰って来た。ところが村の様子が変わっているので聞いてみると、「どうして昔の人のことを聞くのか、その島子のことは既に三百年程前のことなのに」と言われた。村を廻り、十日程過ぎた時、乙女のことが懐かしく思われ、約束を破って玉匣を開けてしまった。

ここに於ける「死んだ狐」は原文では「死狐」とあり、これは中国の『礼記』（武帝により八七年に成立）に見える故事の引用です。

このように、『風土記』における狐は自然獣としてのものと、譬えにおけるものを見る位であります。

注

1　太田善麿著『古代日本文学思潮論・二―古事記の考察―』（昭和六二年一月・桜楓社）一一二頁。

2　1に同じ。

第二章　王朝文学に見る狐

はじめに

ここにいう王朝とは、一般にいわれる平安朝時代のことです。西暦七九四年から一一九一年、延暦一三年から建久二年までの期間、この時期は中古期、中古時代ともいわれております。

この時期の狐の動静を見ますに、教訓性が強くなったことと、外国（主としてインドや中国）のものが多くなったことが挙げられましょう。あるいは支配階層（殊に公家）と武家との拮抗が反映していることなどがあげられます。

この時期の人心は上代とさほど違わない自然観を持っていた、と見ることができます。殊に人知がすすめばすすむ程、物の本質への眼は啓かれますが、それは逆に物を形成しているものへの神秘さを増すことになってゆくことです。

神秘さに対して興味とそれを解き明かそうという試みが生ずる時、人はそこに様々なものを想定することになります。それを文学の面で見ます時、怪奇的、不可解なものの集成、例えば説話文学となり、『化物草紙』の如き草紙物へとなってゆくわけです。

まず初めに、歌物語における狐を見てみましょう。

一　伊勢物語に見る狐

『伊勢物語』は歌を中心にした物語で、その成立は平安時代の中期で、天暦（九四七）から安和（九六九）頃とされております。作者は未詳とされております。

この第一四段を見ますに、次の話が出ております。

ある男がこれという目的もなく陸奥国《ムツ》（現在の東北地方の古称）へ行った時、そこで一人の女性に出逢った。その女は男に歌を詠んで寄越した。田舎っぽい歌だが、心魅かれた男は女の元で一夜を過ごして、深夜に帰ってしまった。女は

夜もあけばきつにはめなでくたかけのまだきに鳴きてせなをやりつる

（夜が明けたならば、狐に喰わせてやるわよ、間抜けな鶏め。未だ夜も明けないのに鳴いて恋人を帰してしまったので）

と詠んだので、男は都に帰ろうとして皮肉を込めて歌を詠んだが、女は取違いをして喜んだ。

この歌における「きつ」がここでの問題であります。即ち、『伊勢物語』における狐はここの一回だけです。

この「きつ」を右では狐と解釈しましたが、他方これを「水槽」（キツ―現在でも東北方言として残ってい

るそうです）と見る解釈があることです。又、「はめなで」を右では「喰わせる」と解しましたが、これを「投げ入れる」とすることもできます。従って、別の解釈をすれば

夜が明けたならば水槽に投げ入れてやるわ、間抜けな鶏め。未だ夜も明けないのに鳴いて恋人を帰してしまったので

となります。

『伊勢物語』での狐はこの一回だけですので、先にすすみましょう。

二　源氏物語に見る狐

『源氏物語』は周知のように、紫式部によって大体、寛弘五（一〇〇八）年頃に一部流布の形でなったであろうといわれているものです。

この物語では幾つかの巻に狐が出てきます。夕鶴、蓬生《ヨモギウ》、若葉（下）、手習、蜻蛉《カゲロウ》、等がそれでであります。これらの巻々を通して気のつくことは、『霊異記』や『今昔物語集』等に較べて直接に現れることのないことです。従って、却ってそれは妖怪性が発揮され、作品に不気味さを加えることになってゆきます。

これは更に二つの面から見ることができます。その第一は『霊異記』以来の一貫している変化のものであり、第二は、不都合なことや不吉なことを口にするものと見られていたことであります。

まず第一の点から見ることにします。これの巻としては夕顔があります。この巻は高校の教科書などにも多く採られているものであります。その内容は

源氏が六条に住む前東宮の御息所《ミヤスンドコロ》の元に通う途中、乳母の家を訪ねる。その家の隣の板垣に白い花が咲いていたので折らせると、先方が歌を書いた扇を贈ってくる。乳母の子の惟光《コレミツ》の計らいでその女性・夕顔の許に通うようになる。八月一五日の夜、枕上に現れた女にとり憑かれて夕顔は急死する。その衝撃で源氏も暫くは病床に臥す。

というものです。

この内、狐の見えるのは、惟光の計らいで夕顔に近づいた源氏が、夕顔に「気遣いのないところで、ゆっくり話をしよう」といったところ、夕顔が「なほあやしう、かく宣へど、世づかぬ御もてなしなれば、ものおそろしくこそあれ（どうもまだ変で、このようにおっしゃられても、格別のおもてなしなので怖いような気が致します）といったのに答えて、源氏が「げにいづれか狐ならむな（成るほど、どちらが狐なんだろうネ）」といったのがそれです。

次いで、八月一五日の夜になり物の怪が出て、夕顔が急死する場面の中で一度扱われています。それは夕顔が横になり右近が怯えきっているのを源氏が見て、「あれたるところは狐などやうのものの、人おびやかさむとて、けおそろしう思はするならむ（人の住まない所は、狐などが人を驚かそうとして恐ろしがらせるものだろう）」という、そのところです。

二番目は「蓬生《ヨモギウ》」の巻です。これは

もともと貧しかった末摘花の生活は、源氏の須磨での侘び住まいの間、一段と侘しいものであった。屋敷は荒れるに任せる状態であり、召使はつぎつぎと見捨て去っていった。末摘花は源氏との再会をじっと待っていた。その内、源氏は都に帰れる身となる。翌年のある日、源氏は花散里の許を訪れる折、末摘花を思い出して再会し、その後二条院の近くに引き取ることになる

という内容であります。その内の最初の所で邸内の荒廃ぶりを記したところに「もとよりあれたりし宮のうち、いとどきつねのすみ家になりて……（元来、荒れていた邸の内は一段と荒れて狐の棲家になってしまって……）」という形で見え、ついでその後半に同邸の前を通った源氏が腹心の惟光に邸内を探索させる場面に一度でてきます。邸では惟光を見て場所柄「狐などの変化にや（狐などの変化のものではないか）」と思うのがそれであります。

三番目に出て来ますのは「蜻蛉《カゲロウ》」の巻で、この巻は浮舟の失踪から始まります。

浮舟が行方不明となり、書き置きから入水《ジュスイ》したことを知る。亡骸のないままその衣裳を持って葬儀を営む。一方、石山に参籠《サンロウ》中の薫は駆けつけ浮舟が死に到る実情を聴き出し、その母を見舞い世話をすることにした。薫は明石の中宮が推す六条院と紫の上のための法会の折に一の宮を垣間見て、すき心の覚えるのを恥じるのだった。匂宮は浮舟の死後、悲嘆に暮れているようであったが、いつしか式部卿の宮の忘れ形見の宮の君に思いをかけるのだった。

という梗概のものであります。

初めに、浮舟の亡骸が出てこないのは「鬼や食ひつらん、狐めくものやとりもて去《イ》ぬらん（鬼が喰ったのであろうか、狐の類のものが持ち去ったのであろうか）」という中に出てきます。

「手習」の巻は「蜻蛉」に続く巻で、その梗概は次のごときものであります。

高徳の僧都の老母が娘の尼と初瀬詣の帰路病気になり、僧都は看病のため宇治に急ぐ。その夜、宇治院において僧は木の陰に怪しいものをみつけた。狐の化けたのかと思い騒ぎ見ると、死の直前の浮舟の姿であった。僧都の加持によって意識を取り戻した浮舟は僧都に頼み剃髪《ティハツ》する。浮舟の生存を耳にした薫は夢かと驚き浮舟の弟を連れて、そのもとへ訪ねて行くのであった。

初めの方で木の陰にいる浮舟に対して「狐の変化したる。憎し見あらはさむ（狐の化けたものである。憎いやつだ、正体を見破ってやろう）」という僧都の言葉が出、次いで「狐の人に変化するとは昔よりきけど、まだ見ぬものなり（狐が人に化けるということは昔から聞いているが、まだ実際に見たことはない）」と僧都はいいます。この辺には狐のことが多く見え、このすぐ後に「狐木霊《コダマ》やうのもののあざむきて取りもて来たるにこそはべらめ（狐や木霊などのものが人を騙して、ここまで連れて来たのであろう）」と僧都は続けます。次いで宿守の詞に「狐の仕うまつるなり。この木のもとになむ、時に怪しきわざしはべる（狐が勤行をするのです。この木の下で時々奇怪なことをするのです）」とあり、「一昨年の秋も、ここにはべる人の子の二つばかりにはべりしをとりて参うで来たりしかども見驚かずはべりき（一昨年の秋も、この辺りにおります者の子供で、二歳ばかりのを連れて参ったのでございますが、見て驚くほどではありませんでした）」と続けて宿守にいわせております。これに対して僧都は「さてその児は死にやしにし（ところで、その子供は死にでもしましたか）」と聞く。すると、宿守は「生きてはべり。狐はさこそ人はおびやかせど事にもあらぬ奴（生きております。狐はそのように人を驚かすことはしますが、他愛のない奴です）」と答えます。次いで僧都は「鬼か神か狐か木霊か、かばかりの天の下の験者《ゲンザ》のおはしますにはえ隠れたてまつらじ（鬼か神か狐か木霊か、これ程の天下の験者のおられるところでは正体を隠し申すことは出来まい）」と言って着物を取って引っ張ると、顔を衣に包んで一段と泣く、それが浮舟であります。

このように、「夕顔」「蓬生」「蜻蛉」「手習」等における狐を見ていますと、「夕顔」では妖しいものであり、人住まぬ侘しいところでの存在として描かれていることです。それは次の「蓬生」でも同様であります。ところが「蜻蛉」ではいささか趣が異なり、亡骸を持ち去るものとして扱われていることです。そして「手習」では僧都と宿守のやり取りの中で、子供を連れて来たり勤行するものとして見られていることであります。殊に「手習」における、こうした狐観はそれ以前にはなく、以後にも見られないもので注目されるものであります。

こうした狐観が作者による創意なのか、当時の他の文献には見えない民俗の片鱗を思わせるものかについては、『源氏物語』全体における民俗学的研究の観点から言及されねばならないものであります。当時の民俗資料の断片を物語っているものではないかと著者は考えております。

次に第二の点を見ることにしましょう。それは「若菜（下）」にみえます。この巻の概要は

柏木の三の宮に対する思いも、つれない返事となりそれは募るのみであった。やがて柏木は中納言となり、その姉である二の宮と結婚するが、三の宮に対する思いは捨てきれなかった。加茂の斎院の御禊ぎの前日、遂に三の宮の元に忍び一夜を明かすことになる。

紫の上の病気は六条の御息所の死霊の祟りであった。祈禱の験があってか、次第に快方に向かう。その内、三の宮は妊娠し源氏は密通の手紙を見、一切を知る。源氏に合わす顔のない柏木は病床についてしまった。

というものであります。

右の死霊の出てくるところに源氏が「まことにその人か、よからぬ狐などいふなるもののたぶれたるが、亡き人の面伏せなること言ひ出づるもあなるを、たしかなる名のりせよ（本当にその人・六条御息所であるのか、悪い狐などというもので気の狂ったのが、死んだ人の不名誉のことを口にするということもあるということを聞いているが、きちんと名前をいえ）」という中に見えるのです。

ここにおける狐は「亡き人の面伏せ」ることをいうものとして登場していることです。このことも、先の「手習」の狐と同様に珍しいものであるといえましょう。

この様に、『源氏物語』における狐はそれ以前と対比するに、注目される民俗資料を含んでいるといえます。と同時に、実際の狐は一度も登場しないで、観念上の狐としている点、やはり注目されるものといえましょう。

『源氏物語』における狐はこの位にして、『今昔物語集』へ移ることにしましょう。

三　今昔物語集に見る狐

この作品は、文学史年表[1]では一般に一一二〇年のところにその成立が記されているものです。なかにはその年号のところに「これ以後まもなく成る」というものもあります。従って、一一二〇年頃に成ったものと見ておけばよいでしょう。

この書は更に

巻一——巻五　天竺《テンジク》

巻六——巻一〇　震旦《シンタン》（内、八は欠巻）

巻一一——巻三一　本朝（内、一八、二一は欠巻）

に大別されます。この三国は更に

天竺部（現在のインド）は

巻一——巻三　天竺

巻四　天竺　付仏後

巻五　天竺　付仏前　に

震旦部（現在の中国）は

巻六――巻七　震旦　付仏法
巻八　欠
巻九　震旦　付孝養
巻一〇　震旦　付国史　に

本朝部（日本）は

巻一一――巻二〇　本朝　付仏法（内、一八は欠）
巻二一　欠
巻二二――巻二三　本朝
巻二四――巻二五　本朝　付世俗
巻二六　本朝　付宿報
巻二七　本朝　付霊鬼
巻二八　本朝　付世俗
巻二九　本朝　付悪行
巻三〇――巻三一　本朝　付雑事

に細かく分類されます。

こうした全巻の上に立って狐譚を見ます時、それは主として巻五、一四、一六、二三、二五、二六、二七、の各巻に亘っています。このことは右で分りますように、巻五を除いていずれも本朝部におけるものということです。

まず、天竺部から見ることにしましょう。

この部では巻五の仏前に集中することで、第一三話「三獣の菩薩の道を行じ、兎身を焼ける語《コト》（兎、狐、猿、の三獣が菩薩の道を行い、兎は我が身を焼いたこと）」を見ますに、その概要は次の如きものです。

　昔、天竺（インド）にいた兎、狐、猿の三獣がそれぞれ心に思うことは、この様な獣となって生まれ変わったのは前世に物欲に駆られて、他人の身を思わず、わが身のことしか思わなかったからである。これからは年老いた人を親と見なし、年長の者を兄、年少の者を弟の如くに思って、わが身を捨ててそれらの人に尽くそうとそれぞれ心に誓い合う。その心を天帝尺は見て、人間としてうまれながら物欲に駆られて醜い争いをしている者に較べて、なんと感心な獣であろう。それが本心かどうか一つ試してみようと思い、年老いた哀れな姿で三獣の前に現れた。すると、猿は木に登り果実を取り、狐は墓所に設けた小屋に行って、魚類や供え餅等を持ってくる。ところが、兎は東奔西走するが何も手に入れることが出来ない。結局、自分の出切る事は翁のために、わが身を火中に投げ入れて、焼けた我が身を食べて貰うしかないと思い、狐と猿が薪を集め火を付けたその火中に身を投げ入れるのだった。その時、翁は天帝尺の姿に戻り火中の兎の姿を見、獣でさえこうした心を持つものだということを一切の衆生に見せるために、月の中に移し籠めたのであった。

月の表面に雲のようなものがあるのはそのためであり、火の中に焼けて煙っているのを表しているのである。又、月の中に兎がいるというのは、この兎の形なのである。すべての人は月を見る度に、この兎の（献身的）姿を思い知るべきであろう。

この話は中国・貞観二〇（六四六）年に成る『大唐西域記《ダイトウセイイキ》』の巻七の「婆羅斯国《バラシコク》」に見えるものです。ここにおける主役は兎であり、狐は脇役に置かれていますが、墓所との関係で取り上げられているのは、中国的性格を思わせるものです。この点については、後述する予定です。又、ここのでの狐は賢者としての者であり、妖獣としての性格は全く見えない点、やはり注目されるところです。

次に「天竺の亀、人に恩を報ぜる語《コト》（天竺の亀が人に報恩すること）」というのが第一九話に見えます。

昔、天竺に菩薩心のある男が居て、苛《セ》められている亀を買い取って放してやった。それから数年経ったある夜、亀が枕元に来て、近く洪水になるから舟を用意して難を逃れるように言って去る。その言葉の通りになり舟で下って行くと、大きな亀が流れていた。それは先年助けた亀だったので、助けて舟にのせた。次いで蛇が流れて来て助けを求めたので、亀の言に従って助け舟に入れた。更に狐が同様に助けを求めたので、これも亀の言に基づいて助けいれた。最後に男が流れて来たが、亀は助けるなという。異類を助けて、同じ人間を助けないわけにも行かず、助け舟にいれる。亀の言うには「獣は恩を心に思い知るものである。それに較べて人は恩を感じないものである」と。

ようやく水が引けて、各自舟を下りた。その後、船主の男が道を行くと蛇に出会う。蛇は命を助けられた礼として墓所に案内し、そこにある財宝の全てをおとこにやったので、男は急に富み栄えた。その内に助けられた男が来て、急に富み栄えた理由を聞くので一部始終を話した。するとその男は不覚にして儲けたものであるから、半分寄越せと言う。それを諌めると男は少し受け取っていた財宝を投げ捨てて去ってしまった。そして男は国王の元に告げ口に行った。そのため男は入牢させられ責め苦にあうのだった。再び亀が枕元に来た。だから、人を助けるなと言ったのだ。しかし入牢の苦しみも長くはないだろうと言って、蛇と狐と亀とが救出法を考える。先ず狐が鳴いて国王を驚かし、蛇と亀とで姫を病気にする。その翌日、王宮に百、千万の狐が鳴き、姫がさらに重い病気になり大騒ぎになる。占い師に聞くに「無実の罪人がいるので、それを放せば病は治る」という。その結果、船主の男は放免され、密告した男が重い罪を受けることになった。

というもので、すこぶる皮肉な話であります。

ここでは先の『霊異記』の下巻巻三八話で見たのと同様に、狐の鳴き声が不吉なものとして取り上げられていることとです。なおこの話は、中国の仏教書で道世が総章元（六六八）年に著した『法苑珠林』の巻五〇の第五一・報恩篇にも見えるものです。なお又、付け加えるならば、この話と類似したものを遥か遠くアフリカの昔話に見いだすこともできます。それは西アフリカにおけるもので、山室静編『新編世界むかし話集・九　アフリカ編』（76年12月・社会思想社）に収録されている「動物の恩返し」で、次のような内容です。

ある時、猟師が林の奥に入ると一つ穴にヒョウとガゼラ（カモシカの一種）と蛇、そして人間が一人落ち込んでいた。猟師が通ると、お礼をするから助けてくれといわれ、動物を次つぎと助け出した。同じ人間を助けない訳にはゆかないと思い、その男も助けた。動物はそれぞれの礼をしますが、男は逆にガゼラの持ってきた金が神のものであったので、神に猟師が盗み出したと密告する。神は猟師を捕まえて牢屋にいれる。すると、蛇が出てきて神の子に噛みつくという。ついで蛇は猟師に毒を消す方法を教えてあげるから、その通りにすれば自由の身になれるだろうと言って去って行く。翌日、神の子は蛇に噛みつかれる。すると、ニワトリが飛んできて、「昨日捕まえた猟師ならば、助けることができよう」と告げる。早速、猟師は連れて来られ、殺されないことを条件に神の子を助けてやる。そこで、逆に悪い男は捕まり殺されてしまった。

洪水による舟が穴に代わり、亀、蛇、狐がヒョウ、ガゼラ、ヘビ、に変わっておりますが、基本の型は同じです。遠くアフリカと極東アジアという風に離れていても、こうした類話を見ますと、まさに人間皆兄弟の観を覚え微笑ましいものを感じてまいります。

一方この話は国内にもいくつかみえまして、例えば手近なものとして最近刊行されました、松谷みよ子他編『日本の民話』の第一巻・動物の世界（80年12月、角川書店）というものにものっております。そこには「人間無情」と題しまして、概要次のようなものです。

昔、たいそうな洪水の後、みんな流されてしまった。一人の旅人がおぼれていると流木が流れてきて命拾いをする。流木を漕いでいると蛇が助けを求めている。ついで狐も助けを求めているので両方とも助けてやる。すると人間が流れて助けを求めるので助けてやろうとすると蛇と狐は「やめとけ」という。助けないわけにはいかず助けてやる。そのときは人は涙を流して礼を言った。

旅人は人間と蛇と狐をつれて旅を重ね、よその国の長者の館に泊まった。その夜病人がでたので医者だった旅人が蛇と狐の協力で手だすけをした。助けられた人は手伝わずにいた。旅人はほどなく良くなった。それをきっかけに病人を次々に診て、旅人はあがめられたうえに金持ちになった。ところが助けられた人はそれを羨んで長者に、「あれは医者ではなく魔術で皆はたぶらかされているのだ」といったので、旅人は捕まり牢に入れられてしまう。蛇と狐がたいへんに憤ったがどうすることもできない。そこで一計を用いて、長者の玄関のところに隠れていて蛇が長者の足にかみついた。痛みは昼夜つづいた。今度は狐が占い師に化けて長者に近づき、この病気を治せるのはこの世に一人しかいない、それは無実の罪で牢に入れられているものだ、といって旅人が牢からつれ出されて診ると、すぐによくなった。逆に助けられた悪い人が牢に入れられた。

三番目に第二〇話の「天竺の狐、みずから獣の王と称して獅子に乗り死にたる語（天竺の狐が自分で獣の王といって獅子にのり死んでしまった）」をみることにします。

むかし天竺のある古寺に比丘がひとり居て、僧房で常に経を読んでいた。そこには狐が一尾やはり棲んでいた。いつもその経をきいていたが、その経文の中に「おおよそ人も獣も心を高くもてば王となることができる」と言うのを聞いた狐は実行することにして、頭を高くもたげ威をもって行くに、仲間の狐がわけのある者なのであろうと従ってくるので、その背中に乗って行く。次に犬にあい、ついで虎に、熊にと次々あい、それらの背中に乗りしたがえていく。さらに象にあいこれをも従わせ、最後に獅子を従わせて乗っていく。獅子は一日に一度かならず吠えるものであるが、正午になって一声吠えると狐はびっくりして背中から転げ落ちて死んでしまった。他の動物も失神するが獅子が去ると正気にもどった。同様に人も身の程を知らぬとこのようになると語り伝えているということである。

ここでは気位の高いという性格を持つのみで、別段、狐の狐らしさというものは見えません。最後に、第二一話の「天竺の狐、虎の威を借り責められて菩薩心をおこせる話（天竺の狐が虎の威力を借りて責められ、菩薩心をおこすこと）」をみることにしましょう。

むかし天竺に狐と虎が住んでいたが、狐は虎の威を借りて諸々の獣をおどしていた。そのため虎にどうしてそんなことをするのかと責められる。狐は具合が悪く逃げる途中、穴に落ちてしまう。そこで一念、菩薩心を起こすと天帝尺や文珠等がそれを知って、文珠は仙人の姿で試す。すると穴から引き出された狐は菩薩心をたちまち忘れて逃げ出そうとする。それを知った仙人はたちまち隆魔の姿と化して狐を責めたので、狐は穴中の折の気持をかたる。このことをきいて感心して狐に二つの名前を与えて、一切衆生に福を授けるようにいう。その一つは大弁才天で、他の一つは堅牢地神である。世間で「狐は虎の威を借《カ》る」というのは、このことをいうのであると語り伝えているということである。

ここにおける「虎ノ威ヲ借ル」は中国の『戦国策』に見えるものです。これについてはその項で記す予定でおります。

さて、以上のように天竺における狐を一瞥するに、そこにおいては教訓性が強く、そのために獣が本来の姿で躍動していない、いわば抹香臭い狐としての登場であることです。それだけに紋切り型になり説話としての面白みは半減されたものになっていることです。ただここで注目されることは、いずれも動物が主役であり、動物主体の譚であるということです。この点、本朝部とは対比をなすものであります。では本朝部では実際にどの様なものなのか、その代表的なものを幾つか見ることにしましょう。

本朝部で最も多いのは、狐が美女に化けるもので、例えば巻一四の第五話「野干の死にたるを救はむがために法華を写せる人の語（狐の死んだのを救うために法華経を写した人のこと）」、巻一六の第一七話「備中国の賀陽の良藤、狐の夫となりて観音の助けを得たる語（備中国の賀陽の良藤は狐の夫となったが観音の助けで助かったこと）」、巻二七の第三八話「狐、女の形に変じて播磨安高にあひし語（狐が女性に化けて播磨安高にあったこと）」、並びに同四一話「高陽川の狐、女と変じて馬の尻に乗りし語（高陽川の狐が女に化けて馬の尻に乗ったこと）」等がいずれもそれであります。今、これらの内の幾つかをみることにします。

まず巻一六の第一七話からみてゆくことにします。

備中国（現在の岡山県）の賀陽郡に良藤という者がいた。妻が京に上っている間、一人身で、ある夕暮れ方に外出すると一人の美女に遭った。その女を家に連れてこようとするが女が応じず、逆に女の家に行くこととなりその夜通じた。その結果、我が家や我が子のことも心にはない程であった。一方家では四方八方手を尽くすがその所在が分からない。当の良藤は女が懐妊、出産したので一段と思いを深くしている。良藤の兄弟は皆家富み、せめて屍でも見つけたいと等身大の観音を造り読経、後世を弔っていた。そうしている間に一人の俗が良藤をみつけたので皆はにげてしまう。その俗がせまいところから良藤を引出す。そこは蔵の下であった。良藤が一三年過ごしたと思ったのは実は一三日であった。そこを見ると多くの狐が逃げ散り良藤一人臥すところがあった。良藤を引出した俗は観音の変じた姿であった。

ここにおける場所が京の都ではなく、備中国である点は次の「狐、女の形に変じて播磨安高にあひし語《コト》」という巻二七の第三八話その他に較べて注目されることです。が、まずこの第三八話を見ることにします。

播磨安高という者がある夜、勤めを終えて帰宅の折、美麗な女に出会い一緒に西京の家の方へ行く。安高心に思うに、この辺に人をだます狐がいるとのことで、こんな時間、顔もよく見せずにいるのは狐なのであろうと思い、刀を抜いて女の髪を取って柱におさえつけると、ビックリして放尿して逃げてしまい、それ以後二度と安高をたぶらかすことはしなかった。

先に美女に変ずるものを巻四話あげましたが、それらを見ますと右の巻一六の第一七話以外はすべてが京を舞台にしていることです。ついでそれら美女に謀られるものがすべて武士階級である点に、説話の地域性と時代性を見る思いがします。と共に斜陽を辿りながらも文化的・精神的面では優位を維持している貴族の、武士に対する鬱憤が一種言いようのない風刺となっていることに気がつきます。そこにこうした説話の形を通して表出しないではいられない彼等貴族の精神状態を見る思いがするのであります。

さて、右に二例みましたが、女との出会いはいずれも夕方から夜におけるものでありました。しかるに、先の巻一四の第五話「野干の死にたるを救はむがために法華を写せる人の語《コト》」ではそれが日中である点、興味を覚えるのです。今その概要を記すと次の通りであります。

むかし年若い美麗な男子が居て、朱雀門の前でこれ又、形端正なる女に会い言い寄る。そうしている内に日暮れて夜に入り、近くの小屋で契りを結ぶ。女は「私はあなたに代わってきっと生命を失うでしょう。ですからどうぞ私のために法華経を書写して後世をとぶらって下さい」という。女は自分の死を確かめるならば、明朝武徳殿の辺りに行ってみるがよい。その時の証にといって男の扇をうけとっておく。明朝その近くに老婆がいて、その死人はあそこに臥しているといってかき消すように失せた。見れば扇を持った狐が死んでいた。男は約束によって、法華経一部を供養するとその夢枕に女があらわれ、おかげで罪障が消えて忉利天《トウリテン》に生まれ代わることが出来たと謝して空に昇ったところで夢から覚めた。

この話は一〇四〇～四四年にあたる長久年間になったと見られる『本朝法華験記』の下の第一二七「朱雀大路野干」としてあります。そこでは老婆がみえぬ以外はほぼ同一のものです。

この話を見ますと、先の天竺部の狐が大弁才天となったように、ここでも忉利天といういずれも女性に化身していることに気付きます。

さて、美女に化するものはこのくらいにして、他のものを見ることにしましょう。まずはじめに巻二七の第二九話にある「雅通の中将の家に同じ形の乳母ありし語《コト》（雅通の中将の家に、乳母とそっくり同じ者が二人居たこと）」という、同形の乳母の話があります。大要次のものです。

源雅通という中将の家で、急に二歳の子供がはげしく泣き乳母のやりあっている声に何事かと思って中将が行って見ると、同形の乳母が二人して子供の手を左右からひっぱっている。中将は大刀を抜いて走りかかるに一人の乳母はかき消すように消えた。子も乳母も死んだように臥しているので、験のある僧をよび加持すると正気にもどる。乳母がいうには「奥の方から知らぬ女房が出てきて、我が子だといって奪い取ろうとした」と。これは狐の仕業か、物の霊であろうと推測されるが、そのいずれであるかは分らないままであった。

ここでは正体不明ですが、先の『霊異記』の中巻四〇話におけるものの系列上にあることは指摘し得ましょう。

次にある同三九話の「狐、人の妻の形に変じて家に来し語（狐が人妻に化けて家に来た）」というのは、はっきりと狐であって、次のようなものであります。

むかし京にいる雑色男（走り使いする下男）の妻が夕方出かけたが、いっこうに帰ってこないので不審に思っていると、やがて帰ってきた。そのうちに又帰ってきた。いずれかが狐であろうと思い、刀を抜いて切ろうとすると、後に入ってきた妻は「これはどうしたことか、どうして私をこのような目にあわせるのか」といって泣く。前に入ってきた妻もまた同様であった。そこで男はよく見ると、前に入ってきた女が怪しいと思い捕えているうちに、臭い尿をさっとかけて男の手から逃れて狐となって大路に走り逃げてしまった。男は狐を捕らえ損ねたので残念に思うのだった。

この説話を見ますと、これと同様の民話が現在見られることを思いおこします。例えば、未来社刊の『日本の民話』の「岩手篇」を見ますと、「バッタリ沢のキツネ」として大要次のようなものが見えます。

バッタリ沢には人をだます古狐がすんでいた。たびたびだまされている別当がそこを無事通過したのでほっとしていると、先方から人が来る。見ると妻であった。こんなところに来るはずはないと思った別当は、うまくいいふくめて馬に乗せて、家の近くで強く縛り上げて家につくと、そこにも妻はいた。馬上の妻は、「あちらがキツネです」といって澄ましている。どちらが妻か分からない別当は寝ている子供を起こして二人の母を見比べさせると、馬上の母がにっこりと手を差し伸べるのを払って黙って立っている母の方に走り寄った。馬からおろして火の上にあぶると、ついに正体をあらわして僅かなすきを押して逃げてしまったということである。[2]

もう一つ似たものを見てみましょう。それは「高知の狐」というもので

むかし、又吾郎という者が正月の魚を買いに高地へ行く。と、高知のにぎやかなところで呼び止める声がするので不思議に思ってみると近くの娘であった。一緒に帰ろうというと用事が残っているというので一人先に帰り、気になったので娘の家にいってみると、娘は朝からずっと家に居たとのことであ

る。[3]

これら二つの民話を見ますと、場所は違いますが、一方は妻で他方は娘と同一のものであり、殊に前者は先の三九話と似ている点が多いことを見ます。と共に、こうした民話の遡源をこのように古代末期のものと関連して見ることの出来ることを知ることとです。

右の様に、同形の乳母や妻に化け、あるいは次に見るように主家一族に化けたりもします。それは巻二七の第三二話にあります「民部大夫頼清の家の女子の語（民部大夫頼清の家の女子のこと）」というものです。

むかし、頼清という者が斎院の怒りをうけて勘当となり、木幡の知人を頼って行っていた。頼清には御許《オモト》という使用人がいた。京の女であった。頼清にヒマをとって実家に帰っていたところ、勘当がとけたので又勤められたしとの舎人の言伝て、主家に行くに主家では、頼清の妻が木幡の自分がいたところの庭木の番人に言付けがあるので行ってくれとのことである。五歳になる子供を同僚に預けて木幡へ行くに、主家のものが皆いるので夢かと驚く。多勢を具して子を預けた主家に行くと、そこは野原で草深い中に子供が泣いていた。これを思うに狐などの仕業なのできっとあろう。

ここでは「狐」と断定はしていませんが、今までにみてきた様に同形のものは多く狐としてみられていいますので、右の推理は当を得ているものといえましょう。

はっきりと正体を狐と断定は出来ませんが、産女《ウブメ》に化けたものは子供を生んで死んだ女の霊か、さもなければ狐の仕業かとみられるものが、巻二七の第四三話にあります。「頼光の郎等、平季武、産女にあひし語（頼光の家来の平季武が産女にあったこと）」がそれです。これは概要、次のようなものです。

むかし、頼光が美濃守であった時、侍所に兵が多く集まって語り合っている中に、この国の渡し場で、夜になって渡しをするものがいると、必ず「これを抱け抱け」といって産女が児を泣かせていうということであった。これを聞いて平季武が「これからその渡し場に行って渡ってみよう」といったので、そんなことはできないとか、いややろうということになり、武具一式を賭けて季武は行って渡るに、例にして女が出てきたので、その児を抱いたところ、やがて返せという。だが返さないでよく見るとそれは木の葉であった。あとをつけてきた者の方がびっくりした。武具一式を賭けたが、季武はそれをうけとらなかったので、彼を皆はほめたという。これは狐が人を謀したのか、子を生んで死んだ女の霊によるのか、そのいずれかであろうということである。

この巻二七は他にも多く見えて第三一話の「三善清行の宰相《サイショウ》の家渡の語《コト》（三善清行の宰相の引越しのこと）」をみますと

清行が人の住まぬ荒屋を見つけて夜一人でいると、天井の組入れのマス型毎に別々の顔が現れたり、馬にのった四、五十人程の者が出たり、女が現われたりした後に老翁が出てくるので、そこで問答が行なわれ、この様に道理をわきまえず人の家に住んで脅すのは他ならず老狐であろう。といってやりこめる。問答のすえ、一族は他へ移り以後、そこに住んでも少しも恐ろしいことはなかった。

というもので、清行の会話の中に「老狐」が上ってくるだけです。が、これの舞台を古寺に移したもので、天井に様々な顔が出たり、夜中に集まったりして、夜明けに消えてしまう。みればその正体は使い古しの日常雑貨であった。というのが昔話によく見えるのは周知のことです。

もう二、三みることにします。四四話は「鈴鹿山を通る三人、知らざる堂に入りて宿りし語（鈴鹿山を通った三人が知らない堂に入って宿ったこと）」というもので、

昔、三人の若く肝っ玉のでっかい男が鈴鹿山を通るとき、雨に遭い鬼の出るという堂に宿をとった。三人の内の一人が昼間、山中で男の死体を見たが、あれをここに運んで来ようといって、取りに行く。それを見て他の人は先まわりをして死体のところへ行って死体を谷に捨てて自分が死人に代わって臥していた。それとも知らずに先に出た男はその死体を背負って堂に向かった。途中、背負われた男は背負っている男の肩を喰いついたが、男は驚かずに堂にたどりつく。一方、堂内に残った男は、天井の組入れのマス型に様々な希有《ケウ》の顔が出たりしたが、びくつくことはなかった。これを思うに、その天井の顔は狐の謀ったもので、あったろうと思われた。

というもので、先の第三一話と類似していますことに気付きましょう。

このように、様々に化けるだけでは物足りなくて?怪火に化けたりするのがあります。第三三話にある、「西の京の人、応天門の上に光る物を見し語（西の京の人が応天門の上に光る物を見たこと）」というのがそれです。

昔々西の京に老母と兄弟があって、兄は侍で弟は僧であった。ある時母が病気にかかり今夜いっぱい

持つまいと自らいい、ついては是非、弟の僧に会いたいというので兄は迎えに行くが、弟の僧が山（比叡山）に登ったと聞いて戻る折、応天門の上の方を見ると、真蒼な光る物があり「かか」と笑った。ついで豊楽院の北の野のところで円い物の光のものがあった。そんなことがある中を夜中に帰着したが、その時の恐ろしさのため発熱してしまった。それはきっと狐などの仕業に違いあるまいとのことであった。

こうして様々に化けた狐は、やがて射殺されてしまうことになります。第三七話の「狐、大杉の木に変じて射殺されし語（狐が大杉の木に化けて射殺されたこと）」がそれです。

むかし、中大夫という者が飼っていた馬が行方不明になったので、従者一人を倶して捜しに行くと、大木の杉のもとに至った。こんなところにこんな大きな杉の木があるとは知らなかった。これはきっと騙されているからなのであろうということになり、従者の言に基づいて二人して木に歩み寄って弓をひくと杉の木は消え失せた。翌朝二人してそこへ行ってみると杉の枝を一つくわえた老狐が腹に二本の矢を受けて死んでいた。

このように見てきますと、天竺部では見られなかった狐の躍動の姿を見ることとです。それはまさに思いのままに暴れまわっているという感じです。

唯こうした中で、美女に化けて、もし死んだなら法華経を書写し供養する様に頼み、契りを結んだ男に死後約束を果させ、忉利天に生まれ代わったという先の巻一四の第五話は殊に興味深いものを感じます。というのは、それは明らかに神婚説話の一形態のものであるからです。

霊性のもの、いわば異類のものとの婚姻は一般に見てはならない掟を一方（多く女）が持っていて、それを他方（多く男）が犯すことによって破綻を招くものですが、ここでは異類との婚姻そのものが相手（ここでは女）を不幸にするだけでなく、死に追いやってしまうことです。それは動物と人間との結びつきが強く、相互作用に立った時点では見られなかったことで、その力関係において、人間が動物に対して次第に一線を画す時点になってきたことを示すものといえましょう。

なお天竺（インド）を扱い、震旦（中国）を扱わない点、不審に思われるかも知れませんが、震旦部には狐譚は見えないのです。

『今昔物語』はこの位にして次に移ってゆくことにしましょう。

四　池亭記に見る狐

これは慶滋保胤《ヨシシゲノヤスタネ》を作者とする天元五（九八二）年に成立したもので、全文漢文で書かれたもので、漢文体随筆ともいうべき性格のものです。

『池亭記』の名前は知らなくても、『方丈記』に影響を与え、『方丈記』はこれに倣ったものではないかと見られている、その台本ともいうべきことでむしろ知られている書物といえましょう。

この書のごく初めの方に狐の名は出てきますが、それは作者が東西の二京をながめ、都の変転を見、源高明にふれてくる中で、高明が左遷から戻ったのに家屋の修理もしないで荒れるにまかせているのを描写したところに見えるのです。

子孫雖レ多。而不二永住一。荊棘鎖レ門。狐狸安穴。

（子孫が多いといっても、永く住み得るものではなく、いばらが茂って門を閉し、狐や狸が穴に安らかに住みつく）

右がそれです。

このように、ここでは荒れた様子をたとえるために狐狸を用いただけで、狐や狸そのものについて触れたものではありません。

五　陸奥話記に見る狐

これは一一世紀の中頃、康平五（一〇六二）年頃に成ったもので、作者は未詳です。

朝廷に従わず、代々おのれのほしいままにしている安倍頼良、その父忠良に対し朝廷は追討軍を択んだ。衆議の帰するところ源頼義であった。その頼義の狩りにおける腕は確かなものであった。「おほじか鹿狐兎は、常に頼義のために獲られぬ（大鹿、狐、兎はいつも頼義のために獲られた）」ということであった。

これは『陸奥話記』の冒頭のところの大要です。

この様に、ここでの狐は自然獣としての狐であり、没個性的なものとして扱われています。その意味では『池亭記』での狐の扱いと左程異ならないものです。

『陸奥話記』における狐は右の一所だけです。これは、本書が合戦の記録を整理したものであれば、その書の性格上、自然のなりゆきというものでありましょう。

だが、編年史体なのに狐譚の見えるものがあります。『扶桑略記』がそれです。それを次に見ることにします。

六　扶桑略記に見る狐

これは普通、嘉保元（一〇九四）年に成立がいわれているもので、初代・神武天皇より七三代・堀河天皇八（一〇九四）年までの編年史でありますが、僧伝・縁起譚をはじめ霊験譚や神仙譚等を載せているもので、歴史学の面だけでなく、文学の面からの価値を持つものです。

これの第二二・宇多天皇の寛平八（八九六）年九月二二日の条を見ますに、先に見ました今昔物語集の巻一六―第一七話「備中国の賀陽の良藤、狐の夫となりて観音の助けを得たる語」のことが漢文で凡そ七四〇字に亘って記されています。大要両者とも同一でありますが、部分的には相違が見えています。例えば、今昔では女の家は「いと近き所に清げに造りたる家に入りぬ（大層近いところに美しく造った家があり、そこに入った)」とあるところを「行数十里許。至一宮門(行くこと十里程で一つの宮門のある家にたどりついた)」といった具合にです。

七　狐媚記《コビキ》に見る狐

次に、『今昔物語集』より約三〇年程後に成立した、大蔵卿匡房卿の『狐媚記』をみることにしましょう。これは群書類従第九輯に収録されていますが、最近では「日本思想大系」の第八巻「古代政治社会思想」(昭和五四年三月・岩波書店)にも収録されていますもので、全部で五三一字からなる小作です。それは康和三(一一〇一)年のこととして書き出しています。それを順を追ってまとめると次の様になります。

第一に、洛陽(京の都のこと)に大いに人をだます狐がいた。それは「以馬通為飯(馬くそをもって飯と為す)」のであり、「以牛骨為菜(牛の骨を以て菜と為せ)」るのであった。

第二に牛童が雲客に一張の紅扇をもらい、翌日見ると子牛の骨であった。

第三に牛童は数日後病死、その持ち主はその車を焚こうとするに、焚くなかれと夢に神人がきていう。その代に吉報がもたされよう、と。その結果、その通りになる。

第四に方忌をさける行幸の折に、従うものの中に左右の袖をもって顔をかくしているのがいるので、不審に思って問いかけるに、答えず、朱雀門に馳せ入って、ちらっと見る間に見えなくなってしまった。

第五に増珍律師が老婆から法会を頼まれて行き、供え物を見ると糞穢の類のものであった。
第六にある人が家を売り、その折の金銀糸絹等を後日みると、みな、やぶれたわらぐつや古い履物、小石、
　骨、角等であった。

というものです。僅か五三一文字の中にこのように、六つの怪異譚を載せているのです。

右に記した「日本思想大系本」の校注者がこの『狐媚記』にふれて

　平安後期における第一級の知識人であった匡房が『狐媚譚』をどうみていたかを考える上で、興味深
い一篇である。[4]

といっていますが、全くその通りであるといえましょう。

これを見ますと、現在よくいわれる馬糞変じて饅頭となる、というその原形がみえることに気がつきます。その他にしてもまさに現在各地に残っている狐譚そのものであり、それらがすでにこの時代にこの様な形で活きていたことを知るのです。

右において我々は幾つかの書物を通して、そこに狐がどの様に描かれているかを見ました。

そうした中で、まさに時代と共に生きた狐の姿というのを感ずる思いでありました。それは又、没落してゆく貴族の精一杯の武士に対する悲しいまでの鬱憤晴らしの材料にしているという時代の空気を思わせる存在でもありました。

注

1　市古貞次編『日本文学史年表』（昭和五四年一月・学燈社）
2　斎藤正編『日本の民話 1 津軽・岩手篇』（昭和四九年一二月・未来社）二五二頁。
3　市原麟一郎著『日本民話・土佐のお化け昔』（昭和五〇年四月・講談社）四三頁。
4　家永三郎他校「古代政治社会思想」（日本思想大系・八巻。昭和五四年三月・岩波書店）一六五頁。

第三章　中世文学に見る狐

はじめに

中世における狐ということでそれを総括的にながめる時、中世は中世ならではのものが見えることです。例えば、仏教文学において後述します『私聚百因縁集《シシュウヒャクインネンシュウ》』に見る如き扱われ方は今までには見られなかったことですし、あるいはこの時期の様々な分野で狐が活躍するのもその一つであるといえましょう。文学の面からは離れますが、信仰において稲荷信仰が市民権を得るのがやはりこの時代であり、それが展開・普及し定着するのが次の近世であります。

妖異性という点でこれを見ます時、前節「王朝時代」で見たような多様な姿や変化性はこの時代に見ることができません。言い換えるならば、王朝時代にふんだんに化けましたので、それ以上のものはこの時代に見ることはできないということであります。

中世という中での狐を見ると、もう一つ気のつくことがあります。それは、この時代においては、狐が主人公の場から次第に追いやられ、人間が主体としての狐が取り上げられていることです。換言するならば、主体が狐から人間に移った時代であり、それはまさに中世という概念の持つイメージと一致する現象であるということです。

では、以下見ていくことにします。ここでは作品別でなく分野（ジャンル）別に扱っていくことにします。

一　劇文学に見る狐

中世劇文学といいますと一般的に能・狂言のことです。

能のせりふが謡いであり、これはおよそ一七〇〇余りあり、その内、現在我々が活字でみることのできます一般的なものはおよそ二五〇番です。

能はその内容から見て五種類に大別されています。列挙するならば

初番・脇能《ワキノウ》（神事能）
二番目・修羅《シュラ》物（男能）
三番目・鬘《カズラ》物（女能）
四番目・雑物（狂物・世話物）
五番目・切能《キリノウ》（鬼物）

がそれです。この内、五番目が鬼物といって多く鬼や鬼神等が扱われ、動物では多くがこれに見えます。

二五〇番程の中で、狐が役柄に扱われているのは「殺生石《セッショウセキ》」と「小鍛治《コカジ》」の二番だけです。「殺生石」と

いうのは、下野国《シモツケノクニ》（現在の栃木県）那須野の殺生石の由来を中心としたもので、

九尾狐は天竺（インド）では班足太子の塚の神として、大唐国（中国）では幽王の后・褒姒《ホウジ》となり、本朝（日本）では玉藻の前なる美女となった。九尾狐は、安倍泰成の調伏で追われこの那須野の原の石と化して身は石となっても魂は残り、殺生を重ねてきた。が、今、御僧の御法によって悪事を致すことがよくないことに気がついた。といったところで鬼神の姿はきえた。

というものです。

他の一つである「小鍛冶」は概要次のようなものです。

刀匠宗近に勅諚があって、出仕し刀を作れとのことである。勅命を道成からうけた三条宗近は氏神の稲荷明神に祈誓して、童子を助手に銘剣を仕上げる。童子は稲荷の神体・小狐丸で群雲にとびのり稲荷へと帰っていく。

これら二番に共通することは、いずれも狐それ自体が最初から出てくるのではなく、童子の形や里女などの形で現われてくることです。又、両者は共に先の五番目にあげた鬼物で、それは狐という性格上自然のものといえましょう。

ここで一つ注意すべきことは、動物が出るのはすべて五番目の切能なのか、という問題にぶつかることです。そのため、次に参考として、動物の出てくるのを掲げてみることにします。

脇能　竹生島《チクブジマ》

後シテ　龍神

鶴亀

ツレ　つる

シテ　亀

嵐山

オモアイ　猿

鬘物　初雪

子方　白鶏

雑物　善知鳥

役柄にはないが「鳥」が主題

道成寺

後シテ　蛇

切能　鵺《ヌエ》

後シテ　鵺

海人

後シテ　龍女

石橋《シャツキョウ》
後シテ　獅子
猩々《ショウジョウ》
シテ　猩々
これらの他にも動物が多く見え、動物名が題名になっているものが幾つかみえます。
大蛇
後シテ　大蛇
土
後シテ　土
龍虎
シテ　虎
ツレ　龍
鶏龍田
シテ　鶏の精
等がそれです。これらはいずれも切能です。この他に詞中に見えるものとなれば多くあるので、一々書くに及ばない程です。

これらを通観すると、架空の動物では龍と猩々で共に、中国から伝来したものです。龍は誰でも知っているのでよいとして、猩々について一言ふれておきます。これは中国における想像上の動物で人面獣身で、人の言葉を理解し、酒の好きなものといわれているものです。

次に狂言における狐をみることにしましょう。

狂言における狐は能とは異なって、題名にその名がみえることです。例えば小名狂言の「狐塚」、脇狂言の「佐渡狐《サドギツネ》」、集狂言の「釣狐《ツリギツネ》」、又、和泉流のものに「業平狐《ナリヒラ》」があるなどがそれです。

ここにおける小名、脇、集等の名称について一言ふれておきます。

狂言はその内容から幾つかに分類されています。例えば手近なものとして岩波文庫本の「能狂言」があり、それをみるとおよそ次のようになっています。

脇狂言	脇能に対応し、祝言を基調とする
大名之類	原則としてシテが大名
小名之類	シテが太郎冠者
婿女之類	婿選び、女の登場する狂言
鬼山伏之類	鬼や山伏がシテのもの

出家座頭之類　シテが出家者や座頭のもの
集狂言の類　分類しにくいものを一括してかくいう

右がそれです。これを基にして更に分類する場合があります。例えば、

婿女之類は婿狂言
　　女狂言
鬼山伏之類は鬼狂言
　　山伏狂言
　　舞狂言
出家座頭之類は出家狂言
　　座頭狂言

といった具合に。又、作品に対するものも異同が時にはあります。例えば婿女之類にいれてある「比丘貞」が本によっては鬼山伏之類に入れてあるが如きに。

では、こうした狂言は全体でどのくらいあるものか、とみるに

およそ現在まで確実に伝へられてゐる狂言は三百五十七番である。但、各流共に一部の伝書に収められてゐるところは百番前後から二百番位のもの[1]

といわれています。

さて、先にみた狐のものを次にみることにします。先ずはじめが小名狂言の「狐塚」です。

作柄もよくできた年のこと。群鳥に食われてはならないというわけで、太郎、次郎の二人を鳥追いに狐塚へやる。その内に夜になり、二人が寒い思いをしているだろうと思って酒を持ってきた主人を、二人は狐の化けたものと早とちりをして煙でいぶろうとする。が、それは本物の主人であった。

次に脇狂言の「佐渡狐」をみることにします。

越後の百姓と佐渡の百姓が年貢納めで同道することになる。そこで他国にあって佐渡にないものは何一つないということになると、越後の百姓がそんなはずはないといって狐を例に出す。それに対して佐渡の百姓はいるという。その判定を年貢を納める所の奏者にワイロを贈って買収する。奏者に容姿を教わり、越後の百姓の質問を切り抜ける。が、最後に鳴き声を問われ、化けの皮がはがれ賭禄の小刀を越後の百姓にとられてしまう。

最後に集狂言の「釣狐」をみます。

ある男が狐釣をするのがうまく、そのため狐の係累がことごとく釣りあげられてしまう。そこでその男の伯父の坊主に化けて意見をする。男はその意見を入れてやめる。だが、それはみせかけで捨てなわを仕かけたのだった。夜、伯父の家から来ることが距離的に出来ないのに不審を抱いたためである。意見をしにきた古狐はいったんはワナにかかるが逃げられ狐釣は失敗に終わる。

これらを見ますと、いずれも主人公である権力者が愚弄されていることに気がつきます。無能とされている名もない下僕が主人を狐の化けたものと思い燻りだしてみたり、僅かなワイロで佐渡の百姓の肩を持って、他方をだます助っ人としての奏者の仕草。それにくらべて欺されたとみて、本当はだまされていない釣狐の男。これらをみていますと、化け狐と思い燻りだす二人の冠者はひょっとするとわざと、承知の上で化かされたふりをしてやっつけていたのではないかと思われてくるのです。

さて、この様に能と狂言における狐の扱われ方をみますと、微妙な点で異なることに気付きます。

それは第一に、能においては「狐」を題名にしたものがないのに対して、狂言にはそれがあることです。

第二に、能における狐は直接「狐そのもの」としては出ないのに、狂言では狐そのものとしても出てくることです。

第三に、能における狐は神仏との係わりに出ててきますが、狂言ではそれとは強い結び付きをみないことです。能における狐は神仏と不可欠の関係に立つが、狂言では釣狐でさえ、それ程の関係はみられないことです。

第四に、能における狐は人間と対等の位置に据えられていますが、狂言の狐は釣狐を除けば、人間の観念上のものとして扱われていることです。

このように見てきますと、能における動物、殊に野獣の如きはいずれも狐のように登場するのではないかと思うことです。だが、実は必ずしもそうではなく、例えば、『古事記』の神話で知らぬ人のない「八俣《ヤマタ》の大蛇《ヲロチ》」を題材にした「大蛇《ヲロチ》」においては当の大蛇は登場しないで、地謡の中において扱われるに過ぎないのです。「鵺《ヌエ》」を参考までに見ますと、これはシテとして登場してきます。ただここで注目されることは、狐においては共に登場して不可欠の要素としてあることです。

二　説話文学に見る狐

中世文学を形成する代表的なものの一つに説話文学があります。

しかし、一口に「説話」といっても、これには分け方によっては世俗説話と仏教説話、あるいは本朝説話と外国説話等といった具合に幾つかの分け方が出来ます。

ところで、説話文学とは何か、などという難しいことをいうつもりは著者にはありませんし、その力もありません。普通には「説かれた話」とみられていますが、それだと内容がごく限定されてしまいます。それに、世俗話に説という字はどうもおさまりがよくありません。そのため「説」を「説く」というのは一義的であって、この字は他に「たのしむ、よろこぶ」の意味があります。従って、世俗説話の場合、世間一般の楽しい話、面白い話くらいに定義しておけばほぼその内容にかなうと思われます。

さて、こうして世俗説話を定義し見ていくと幾つか目にとまります。ちょっと見ても、『古事談』『宇治拾遺』『続古事談』『十訓抄』『古今著聞集』『沙石集』『雑談集』といった具合にです。これらのうち、幾つか作品を見たいと思います。

まずはじめに、『宇治拾遺物語』を見ることにします。

1　宇治拾遺物語

この作品は文学史の専門書では普通一二一八（建保六）年に成立したと見る説と、その三年後一二二一（承久三）年にできたと見る説とがあり、どちらをとるかによって三年の開きが生じます。従って、大体一二二〇年位でいまからおよそ七七五年前位のものと思っておかれればよいかと思います。

このことは中世という時代区分が普通、一一九二（建久三）年から開始されていますので、中世の初頭にあたることになります。

この作品は先にみた『今昔物語集』との類似関係が多くあり、そうした意味では『今昔物語集』と同列のものということができます。因みにこの書の説話一九六話のうち、『今昔物語集』との同話と思われるものが八九話、すなわち45・4％を占めるといわれています。

この書には有名な「こぶとりじいさん」（巻一―第三話）や「舌切り雀」（巻三―第十六話）等があります。

さて編者ですが、これは誰なのか未詳とされています。

ところで本書での狐をみますと、およそ次の三話です。先ずはじめが「利仁芋粥ノ事」（利仁いもがゆのこと）というもので、巻一の第一八話にあります。概要は次のようなものです。

昔のことであるが、利仁という将軍の若いときのことであった。給仕の五位の者で「いも粥を腹いっぱい食べてみたい」というものがいた。そこで利仁は数日後、その五位の者の居るところにきて、「さあ、案内しよう」といって連れて出立した。五位は「どちらへですか。まだですか」等の聞くのだが、利仁はどんどん行って、山科、関山、三井寺等を過ぎてしまう。こうしているうちに、みつの浜に来、そこで狐が一匹走り逃げて行くのを見つけ、追い詰め捕えて狐に「急に客人をお連れするので、明朝十時に家人（家来のこと）に高嶋辺に馬に鞍を付けて二匹連れてくるようにいえ。狐が変化のものであるならば、今日のうちに行き着いていえ」といって放してやる。すると狐は後を見い見い走って行った。その夜は野宿をし、翌朝十時になると、三十騎程の者が一団となってやってくるので、何事かと思ってみると家人たちであり、馬を見ると二匹いる。家人がいうには、昨夜不思議なことがあって、午後の八時頃に利仁の妻が胸に錐《キリ》でももむような痛みを覚えて苦しみながらいうには、「自分は狐である」と切りだし先の利仁の言葉をそのまま伝えるのだった。やがて家人の出迎えの手筈が整ったあと正常になったということである。夕方に家についた。家の様子は立派で例のないほどのものだった。案内され、食事を出されようやく落着く。舅が出て来て利仁に珍しいことがあったものだという。その夜、五位が寝ていると、外で大声で「明朝十時に切口三寸、長さ五尺のイモを各自一筋ずつもってこい」というのが聞える。翌朝その時刻になると、泊まっている家と同じ高さまで積み上げられ、それが下人たちの分担でどっさりと芋粥ができ上がるのだった。それを見ると、食べる前から腹が満ちて「食いあきました」というので、大笑いとなり、集まっていた人達が「お客のお陰で芋粥が食える」と言い合っている。向いの家の軒に狐がいて、こちらをのぞいているので、狐にも芋粥をあげると、それを食べた。こうして一ヵ月程して帰る時には五位は多くの品物を利仁にもらうのであった。

ここで注目されますことは、利仁が狐の憑きものという性格を逆に利用していることで、こうしたことは今までに見られなかったことです。

第二話は巻三の第二〇話にあって「狐家に火付けること」（狐が家に火を付けたこと）というもので、

　甲斐の国（今の山梨県）の役所に侍がいて、夕暮れの帰宅の折に狐を見付けたので追いかけて矢で射た。狐は射転がされて鳴きながら家があと四・五町（大体五百メートル位）かと思う時に、二町程（大体二五〇メートル位）先に立って火をくわえて走ったので、火をくわえて走るとはどういうことかと思って馬を走らせたところ、狐は家のところで人に化けて家に火を付けてしまった。火を付け終えると又、狐になって草の中に走り入って消えてしまった。こうして家は焼けてしまった。こうした畜生でもすぐに仇《アダ》をするものである。この話を聞いて、このようなものをばあえて打擲してはいけない。

というものです。

ここにおいて狐が人に化けてすぐ又、狐にもどるのも珍しいが、火を付けるのも又珍しいことというものです。

第三は巻四の第一話にあるもので、「狐、人に付いてしとぎ食ふ事」（狐が人に憑いてしとぎ—米粒で作った餅―を食べる事）というのです。概要は次の如きものです。

むかし、を患っている人のところで、その物の怪を、祈祷して、寄人の女にのりうつりいうには「自分は祟って憑いたものではございません。軽い気持で出てきた狐です。塚屋に子狐が居るが、物を欲しがるので、『このようなところには食べ物が散らばっているものよ』といって参ったのです。しとぎを食べたら退出しよう」といったのでしとぎを一盆つくって憑いた寄人の女に持たせると、少し食べて「ああ、うまい」といった。「この女がしとぎを欲しがったので物の憑いたふりをして、こうしたのだ」とひやかした。「紙をいただいて、これを包んで退出して老狐や子狐などに食べさせよう」といったので、紙を二枚ひきたがえて包んでやると大きいのを腰にはさんだので、胸にもつけてやった。こうして、「私を追ってください。退出しよう」と修験者にいったので、修験者が「出て行け、出て行け」というと立上がりやがて倒れ伏した。しばらくして（女が）起き上がったので、ふところを見ると入れたものが一つもない。なくなったということは不思議なことである。

女に憑いた狐が、憑きがおちた時、女のふところに入れておいた餅がなくなっていたというわけです。

このように、三話いずれもこの時代以前には見られなかったものばかりであるという点では注目されます。

この作品は一二一五（建保三）年に成立した『古事談』のあとをついで出来たもので、一二一九（承久元）年に成立したものです。

この書は全部で六巻から成り、内容は第一巻が王道后宮篇、第二巻は臣節篇、第三巻は欠本、第四巻は神社仏寺篇、第五巻は諸道篇、第六巻は漢朝篇です。

この六感の内で狐が関わることで知られているのは、第二巻の臣節にみえるものと第六巻の漢朝のものです。

まず、第二巻の方をみますに、概要次の如きものです。

むかし、野干（狐のこと）を神体としている神社のあたりで、狐を射たものがあった。このことでこの者に罪があるか否かで詮議することになり、諸卿がいろいろに申し立てをしている中で、大納言経信卿がいうことには「たとえすばらしい神であったにせよ、狐の姿をして走り出て射られたのであるならば、どうして罪があろうか。（このことは例えば、むかし漢の国で）龍が魚の姿をして波に戯れていた（遊んでいた）ところ預諸という者のアミにかかり、ひどい目にあったことがある。そこで龍は大海にもどり龍王に訴えたところ、龍王が道理を説いていうには、どうして魚の姿をしたのか、だからこそアミにかかったのだ。今から後はこうしたことはしてはいけない、といった。今のは丁度これと同じことだと。

又、ある人がいうには、射たといっても、その野干の死体を見たわけではないので、罪にするにはあたらない、と。（後略）

これをみますに、理路整然、まさに大岡裁判《サバキ》をみる思いがします。

もう一つは第六巻の漢朝にみえるもので、次の様なものです。

白楽天の遺文で、文集に入れなかったのがある。「任子行」というものである。その文章をみるに、狐が女に化けて男に出会ったところ、その男が女を大層深く愛し、一刻（時）も離れずといった程で、（ある時）狩場へ出掛けるといって、男は女を馬の前に乗せた。猟犬を一匹連れていたが、（犬は）この女が狐であることを知っていて、とびあがり、食い殺してしまった。そのことを歌い上げた文章のことである。

ここにおける犬に興味が惹かれます。というのは、狐と犬というのは一つの型であることで、先の『日本霊異記』をみた折の下巻の第二話がそうでありました。中国でも、狐の正体を見破るのは犬か、さもなくば道士でした。又、ロシアの民話には「狐と犬」というのがあり知られています。参考までにロシアのそれを記すならば、およそ次の様なものです。

創造者が狐と犬を作った時、暮らし方がわからない狐は創造者に聞きに行った。すると創造者は狐に「お前はただ肉を食べていればいい。それから、仲間の犬は、主人を見つけてそれに仕え、食物を主人からもらうように」と言った。そのことを狐が犬に伝えると、創造者がそんなことを言うはずがないといってケンカ別れをしてしまう。以後、狐はねずみや野兎を追い、犬は主人に仕えて人間のために狐を捕えるようになった。[3]

3　十訓抄

次に『十訓抄』をみましょう。この訓みは二通りあって、「ジッキンショウ」又は「ジックンショウ」といいます。

本書の成立は一二五二（建長四）年一〇月で、著者については三説あります。第一は最も有力視されている橘成季であり、第二は六波羅二﨟左衛門で、第三が菅原為長です。

諸本がありますが、普通、上・中・下の三巻からなるものと見られています。項目は上巻が四つ、中巻が三つ、下巻が三つから成ります。

狐が見えますのは下巻の最後のもので、「第十可レ庶二幾才能芸業一事」（一道一芸に秀でることの大切なこと）に、後三条天皇の時のものとして、

　ある武士が伊勢の斎宮寮の中で、狐を射たことによって、太神宮かあ訴えがあったので（ついに）天皇の御耳に達したのであった。このため詮議がなされた（後略）。

というもので、これは先に『続古事談』の第二巻臣節篇に見たものの再録といったものであります。

4　古今著聞集

これは先の『宇治拾遺物語』から三六年乃至三九年後の一二五四（建長六）年に成立したもので、編者は橘成季です。

内容は全部で二〇巻三〇篇、全七〇四話から成り、その構成は、

巻第一　神祇第一
巻第二　神祇第二
…
巻第八　孝行恩愛第十
　　　好色　　第十一

といった具合で、最終は、

巻第二十　魚虫禽獣第三十

です。

このように、巻によってはその八の様に対照的な二種を配してみたり、巻第十七では恠異と変化を置くと

いうように、同類のものを充てるというように工夫されています。こうした点、先の『宇治拾遺物語』に較べてはるかに整然としていることに気がつきます。

さて、本書をみますに、狐についてのものは全部で五話あります。今それらを順を追って見てゆくことにします。

まず第一話は巻六の第七、管弦歌舞の第三五話に見えるもので「知足院大権房咜《ダ》祇《キ》尼法《ニノリ》を行はしむる事並びに福天神の事」（藤原忠実が大権房に咜祇尼法を行なわせた事並びに福天神の事）における前半のものがそれです。その概要は次の如きものです。

忠実が、どういう事情によったのか、特にこれと心に思い定めることがあったと見えて、大権房という祈禱の効き目のある僧に咜祇尼の法を行なわせたことがある。その僧は七日の内に証があろう。仮になければ、もう七日待って、それでなければ流罪にしてもよいとまで言い切った。七日を過ぎて証がないので、それを問うと、道場をみるとはっきりした証がありますよ、とのことである。見ると狐が一匹来ていて供物を食い人の気配を恐れる様子がなかった。更に七日が過ぎて忠実が昼寝をしていると枕元に美しい女性が通りすぎたと思ったら夢から覚めた。手を見ると狐の尾があった。不思議に思ってその旨を大権房に話したら、必ず明日そなたの望みが叶うであろうという。翌日、望みが叶い有職になることができた。その狐の生き尾は妙音院の護法殿に収められているとのことである。

ここにおいて狐の身体の一部が未来展望に結び付いているのは珍しいことで、あまり例のないものです。

第二話は武勇第一二の第五話「源義家、安倍宗任を近侍せしむる事」（源義家、安倍宗任を傍近く仕えさせた事）というものです。

合戦に敗れて宗任は義家の家来になった。義家は宗任を連れてあるところへ行った折、広い野で狐の走るのを見て追いかけた。殺すのは残酷と思って、狐の両の耳の間をかするようにして矢を射ると、その矢は狐の直前に落ちた。狐はそれにつまずいて、射られもしないのに死んでしまった。そこで弓とうつぼ（矢を入れて背負う武具）を宗任に預けたので、降服している者に矢を預けるなんて、と他の者は非難をした。また、ある時、女のもとに宗任と二人で行ったその夜、盗賊が入ったが義家がいるのに気がついて〝ほうほうのてい〟で逃げてしまった。

ここでの狐は脇役にまわったものとしてごくありふれた姿で描かれています。が、射られもしないのにショック死というのは今までに見てきた狐のイメージからすると異なり、弱く可愛い感じがしてくるように思えるがどうでしょうか。

第三話は巻一七の変化第二七の第一八話にありますもので、「大納言泰通狐狩を停むる事」（大納言泰通が狐狩りを中止したこと）というもので、概要次のようなものです。

大納言泰通の邸は父の代からの古いものであった。そのため狐が棲みついて、いつも家人を化かしていた。しかし、たいした悪戯もしないので放っておいたら、そのうちに度が過ぎるようになった。大納言は怒り、狐を根絶やしにしてやろうと思い、家来に言いつけて明日狐狩りを実施しようと決めた。その夜、大納言の夢に白髪の者が現われた。柑子の木の下にかしこまり、その者は「自分はこの邸に棲む狐です。二代、三代にわたり棲む内に、自然と不届き者が出て、お咎めを受けることになったのはもっともなことです。ついては明日の狩りはまげてお許し願いたい。今後はお咎めを受けるようなことは決してさせません。又、今後、吉事のある時は必ずお報せ申します…」と言った。そこで夢から覚めた。そうすると、柑子の木の下に老狐が居て、静かに縁の下に消えていった。翌日の狐狩りは中止にした。その後、悪戯をすることはなかった。また、吉事の時は必ず狐が鳴いて報せたので、前もって知ることが出来たとのことである。

これを見ますと、先に『日本霊異記』の下巻巻第三八話では狐の鳴くのが不吉であったとしたのに対して、ここでは逆に活かされていることとです。第二に、老人という、換言するなら男子に夢の中で化けるというあたり、第一章で見たのをはじめ、いかにも中国的要素の濃いものといえましょう。

第四話は、巻二〇の魚虫禽獣第三〇の第四話にあります「承平の頃、狐数百頭東大寺の大仏を礼拝の事」（承平の頃、狐が数百頭、東大寺の大仏を礼拝したこと）というもので、概要は、

承平の頃、狐が数百頭、東大寺の大仏を礼拝した。人々がこれを追いかけたので、その霊が人に憑いて言うには「長いこと、この寺に棲んでいる。いま尊像を壊して焼こうとするので（惜しく）礼拝をしているのです」といったとのことである。

というものです。

これも今までにない珍しいものです。

狐の習性としての社会構造は単独生活であるといわれています。

一般に動物の世界は単独生活と群れ生活の二つに分けられます。狐は前者でありますが、その狐が多数の群れをなしたというのは、先に『続日本紀』の宝亀五年正月二五日の条にもありました。

このことは、狐の社会構造から見ますと理解しがたいことです。これについて考えてみましょう。

これには幾つか答えが用意されましょう。その一つは、説話を語るものが、多数を用いることによって、不気味さを増すという配慮からのものであること。

第二に、単独生活者といっても常に単独行為をするのではなく、発情期を始め、一穴に複数のメス狐がいることもあり、又、穴のある場所も集合的に存在します。例えば、ある丘に狐穴というのが多くあり、そのあたりにはよく見かけるし、それらが人に複数多数に類推させることが考えられることです。

第三に、中国のものには第六章の『捜神記』の「8・狐博士」で見るのをはじめ、しばしば複数の狐が描かれています。そうした中国の作品の影響からのものであるともみられましょう。

この問題はこの位にして、第五話をみます。

第五話は第四話と同じ巻二〇にあります。そこの第九話に「或男、朱雀大路にて女狐の化したる美女に遭ひて契る事」（ある男が朱雀大路で女狐が化けた美女にあって契りを結んだ事）というもので、先の『今昔物語集』の巻一四の第五話にあったものの収録です。本書では骨組みだけで、文芸性から見て、人を魅くことは今昔の方に軍配があがるといえましょう。

さて、こうして第五話を通覧してみますと、ここにおける狐はそれ以前の作品の流れに立つと同時に、一般に言われるように『今昔物語集』や『宇治拾遺物語』の二番煎じというものではなく、幅のあるものだということに気がつきます。その意味では書名の一部の著聞というのに相当するものであるともいえましょう。

次に芳野拾遺物語を見ることにしましょう。

5 芳野拾遺物語

『芳野拾遺物語』は別に『吉野拾遺物語』とも書くもので、正平一三（一三五八）年に藤原吉房によって成されたと伝えられています。

内容は南朝を中心としての出来事や説話・逸事等を二三年間にわたって記したもので、その廿五に狐が見えます。

廿五 御歌にてつきもののく事

というのがそれで、概要は次の如きです。

弁の内侍のもとに高貴な女房が居た。いまだ主君の御元にも参上されず、人目につかないようにしておられたが、お人柄が殊のほかよく、その上容姿もこの世のものとは思われないほどであったので、（自ずと）主君の御耳にも達するようになり、主君は恋い忍ばれなさったが、世事の騒ぎにまぎれなさって、一日二日と（忍び合うことが）伸び伸びになられた。女の方は冷静な気持がなくなって、大層恐ろしそうに見える様になった。

神子を呼んで、何の祟りかと占いをなさったところ、狐の仕業であるとのことを申された。とにかく、払いのけたところ日毎に一段と乱心して、夜になると、唯「冬木、冬木」というだけであった。時節は一一月頃で、綿小袖を重ね着してもなお寒いというのに、この女（房）は一重の衣一つで汗を流していた。大層奇異のことよ。どうしたものかと思っているうちに月日は移っていき、隆資卿がこのことを主君に奏上したので、主君もお驚きになって歌を一首お作りになった。

　春にこそといふ人もあれ花の君
　　ふゆ木といふはおのがいつはり

（春にこそ訪う人もあろう花の君、（それを）冬木とあれば（訪う人がないのは至極当たり前、それなのに、訪う事がないといって気違いじみたことをするのはおかしなことで）自分自身を（春の花でもないのに、春の花の如くに）偽っていることになるよ）

とお詠みになって、その狂気じみた女のいる門柱にお貼りになったところ、たちどころに憑きものは、とりのぞかれた。まことに、大層ご賢明なこと、（改めて）申し上げるまでもないことである。

ここにおいては憑きものが歌によって取除かれることがまず目につきます。

一体に、日本人は歌に対して特別な思想を持っていて、歌の功徳については古今に亘ってみられる日本的性格の一つであります。試しにその一、二を次にみてみましょう。

たとえば先に見た『宇治拾遺物語』を見ると、その巻三―第八話に、

八　樵夫哥ノ事

として、短い話が載っています。それは、

むかし、木こりが山番に良い斧を取られてしまい、頬杖をついて思案していると、然るべきことを言って見よ、そうすればその斧を返してやるといわれ

あしきだになきはわりなき世中に
よきをとられてわれいかにせむ

（悪いものでさえないのは耐え難い世の中に、よい斧をとられて、私はどうしたらよいのだろう）

とよみましたので、山番が「返歌をしよう」と思ったが、「うう〳〵」とうめいたがそれ以上の歌を作ることが出来ず、良い斧を返したので、うれしいと思ったとのことである。

そして、作者は最後に一言

ひとはただ哥をかまへよむべしとみえたり
（「人はつねづね歌を心がけていてよむのがよい」といわれている）

と付言します。

あるいは人口に膾炙している『古今和歌集』の序文も又そうです。

力をもいずれして天地を動かし、目に見えぬ鬼神をもあはれと思はせ、男女のなかをもやはらげ、猛きもののふの心をも慰むるは歌なり

（力をも入れないで、天地の神を動かし、目には見えない鬼神をも感激させ男女の間をも和ませ、勇猛な武士の心をも慰めるのは歌である）

右がその一部です。

民話でも歌で改心させたり、歌の力で幸福になったりするものがあります。例えば川合勇太郎氏編著の『津軽むがしこ集』（昭和五年八月・東奥日報刊）をみますと陸奥の国においてもそうしたもののあることを知ります。それは、

第四八話　歌で改心させた話

殿の妾に心の悪いのがいて、奥方を虐げ、苦しめる。奥方の大事にしているものを、三味線、琴と二度も借りておきながら一つも返さない。三度目に白菊を借りに来たので、

三味もかしことに大事な殿御まで

何の恨で庭の白菊

（三味線も貸し、殊（琴をかける）に大事な殿様まで（とりあげてその上）何の恨みがあって庭の白菊（までとりあげるのか））

という歌を付けて貸したところ、その歌をみて改心し、すべて返して謝った。

というものです

これらの他に捜せばいくらでも出てきましょう。例えば『源平盛衰記』七にも「和歌徳事」があるといった具合にです。

こうしたものの発生の基盤は、すでに多くの方によって言及されていますように、言語に霊力をみとめて、その力によって、幸福なり災いを自他に及ぼそうという発想です。

言葉に霊力を認めるのは今でも各地にみられる悪たれ祭りとか悪口祭等によって知ることが出来ます。これは例えば、泥棒、姦夫、癩《ライ》病[4]等の禁句を別とすれば、参詣者同士が悪口をだれかれ別なく、出喰わしたものにあびせて、やりこめて勝つと、その年は無病息災であるといったものなどです。

次に仏教説話ではどう世俗のと、異なるものかこの点をみておくことにしましょう。それから後に対比検討を加えることにします。

三　仏教説話に見る狐

仏教文学にみる狐という場合、ごく大雑把に言って、二通りの立場が考えられます。それは一つに、仏教説話を通したもので、上代における『日本霊異記』や王朝期の『今昔物語集』等がそれであり、その延長戦上のものとして、先にあげた説話文学の一部があげられましょう。それに対して第二のものは経典又は、それに関連してのものです。従って、見方を変えれば教典＝仏教が即文学なのか、という疑問が出てきます。そうなると、文学とは何か、仏教と文学の境界線はなどとなり、もう手に負えなくなります。が、そうした堅苦しい問題は横において、第二の点を中心として見てゆくことにします。

まずはじめに、ここでとりあげますものについて列挙いたします。それは、『三宝絵詞』『本朝法華験記』『宝物集』『沙石集』『私聚百因縁集』の五書です。

1　三宝絵詞

この書は源為憲によって、永観二（九八四）年中冬になったもので三巻より構成されています。内容は上巻が本生説話で、中巻が僧俗一八名の事歴を挙げたもので、下巻は法会の来歴を記したものです。この書は前にみた『日本霊異記』の影響を強く受けているものです。

狐はこの三巻の内の下巻の「志賀伝法会三月九月四日始」の末尾の部に出てきます。

それは寺社の由来を述べて、それ（由来伝達）を強調する中で、独立的に

　帝釈はきつねをうやまひて法をうけき

として、先に『沙石集』でみたものを右のような形で載せているのに出会うのです。

三宝絵での狐はこれ一度のみです。従って、次に進むことにします。

2　本朝法華験記

これは長久四（一〇四三）年に鎮源によって著された三巻構成のものです。

これは続群書類従の八上に見えるもので、その下巻の「第百廿七・朱雀大路野干」としてあります。

それは先に『今昔物語集』の巻一四の第五話に見たものの漢文体表記によるもので、法華経の功徳を記したのである点も同じです。

時間的にはこの方が早く、これを『今昔物語集』が受けついだものということになりましょう。

3　宝物集

これは平康頼によって、治承二、三（一一七七〜七八）年頃になった一巻本です。その概要をみると次の如きものです。

むかしインドで、天下治まり、人民が楽しく何一つ不幸も禍もなかった。ところが王様が、心おごって、臣下に禍を求めさせたところ、鉄だけを喰う猪のようなものを見つけ出して献上した。このため遂には国が滅びてしまった。

というもので、そのことをうけて、様々な譬えをあげています中に、

野干ノ菓ヲ守ニ似。幻師ノ財宝貪ルガ如シ。野干ノ菓ヲ守トハ。狐菓ノ赤ク熟タルヲ見テ。木下ニ守居テ。落タルヲ見レバ。肉ニアラザル事ヲ云也。

（狐が果実を守るのに似ている。…狐が果実を守るというのは、果実の赤く熟しているのを見て、木の下で見張っていて、それが熟し落ちたのを見て他のものに（とられたり、あげたりするのがいやなので）肉（果物の皮の中のやわらかい部分のこと）ではないということをいっていること）

として見えます。

ここでは比喩として、芳しくないものの事例として扱われているわけです。

4　沙石集

次に『沙石集』を見ることにします。読みは「シャセキリュウ」。一二七九（弘安二）年に書きはじめ一二八三（弘安六）年に成立したもので、無住という禅僧の手によったものです。

因みにこの三年位前に阿仏尼の『十六夜日記』が出来、この年八三年には延暦寺の僧徒が内裏に乱入し、天皇避難のあった時です。

本書は一三四の説話が一〇巻の内に収められています。狐譚はその巻九の第一三話に「師ニ礼アル事」の中の一つとして見えます。

むかし、まだ仏が世にお出にならず、世間の人は仏法の名も耳にしなかった頃、悟り深い狐が居た。その狐がある時、獅子に追われ穴に落ち込み出られずに数日をすごすことがあった。その時思ったことは、どうせ（穴から出られず）絶えてしまう命ならば、あの時獅子にこの身をくれてやればよかった。果して、（自分は）何を施すものをもっているだろうか、と悔んで、「南無三世の諸仏、この心を照らし給え」と（過去、現在、未来の三世におわします仏様、どうかこの私の心をお汲みとり下さい）といった。その声がインドの須弥山々頂の忉利天にまで聞えたので、帝釈がびっくりして、その声の主を尋ねてみると穴の中の狐であった。狐が様々のことを賢そうに帝釈に申し上げたので、「（それ程のことがいえるならば一つ）あなたは法について説いて下さい）」と帝釈は言いました。そこで狐がいうには、「三十三天の主としては、（あなた―帝釈は）礼儀はなく、法式もお知りにならない方ですネ。（衆生の煩悩を洗い浄める水である）法水は下の方にこそ自然に流れるものです。師が下（座）で、弟子が上（座）に居て、どうして（仏）法を説くことができますか」といったので、帝釈は恥じ、驚いて、（天使即ち仏の着る）天衣を重ねて高座を設けて、その上で狐に法を説かせたところ、同席していた諸天（仏）が聞いて益することがあるのだった。天帝は驚いて狐を師として敬う前例にされた。

最近では在家（出家せずに仏道精進すること）の者が全く仏法を信ぜず、まして僧を敬うものは極くまれである。出家又は如法であって、釈門の風儀を知っている者もまれである。それどころか、逆に在家のものを（僧たる者が）敬い、（仏）法をもって利益を貪り、へつらうような始末である。まことに、経の中に「俗人は高座で（仏）法を開き、出家（修行の者）が地に立って法を説くこと、これを破戒法滅の相」というのは全くその通りのことで、心のあさましさを覚える。よくよく道俗共にこの儀（主客転倒のこと）を心得なければならなく、仏法を久遠の因縁とすることは出来まい。

ここに見る出典は、古典大系本の頭注によれば、「未曽有因縁経（大一七・五七七上）」とあります。さてこれを見ますに、狐は原文では野干とありますが、二つの話が接合していることです。狐譚そのものが一つの説話であって、それに仏法が混じったというか、重なったものがこれです。

ここにおける狐は擬人化された、小賢しいものとして扱われていますす点が多少趣の異なったものであるといえましょう。

5　私聚百因縁集

これは住信撰により、全九巻、一四七話かあ構成されています。

九巻の内訳は、第一巻から第四巻までが天竺篇で七三事、第五巻から第六巻までが唐土篇で三六事、第七巻から第九巻までは本朝篇で三八事収録されています。

この書がいつ出来上がったのかは未詳です。というのは、撰者の住信が未詳だからで、仏教辞典では「源空の末流なるべし」[5]とあるので、源空（長承二・一一三三—建暦二・一二一二）の生存かあ見て、又、室町時代の物語草子である『妙法童子』の拠ると思われるものがありますので、その頃のものであろうと思われます。

さて狐についてのものは巻第六にあって、概要次のごときものです。

十三　野干《ヤカン》驚キ死スル事。付無常厭離

止観にいうに「四人の者が道を行くと、路のところに野干が居て、草の根を掘って虫類を食べていた。丁度その時、四人が近づいてきたので野干が思ったことは、「自分が今直ぐ逃げ出せば、きっと殺されるに違いない。そんなことをしないで、死んだふりをして後で腹一杯肥っている虫を食べよう」と。一方の四人は狐の思惑とは別に立停って互いに語り合っている。一人は「耳を切ろう」と。他の一人は尾を、別の一人は牙を欠くことを。三人の言う事を聞いていた狐が秘かに思ったことは、耳、尾、牙がなければ自然と死んでしまう、と。しかし、それでもあまり気にかけないでいたが、今一人が「クビを切ろう」と言った時には非常にビックリした。このままでは自分はもはや死から逃れることはできない。すぐに起きて逃げようと。そして逃げ走ろうとした時、四人がこれを見て逃がさず殺してバラバラにした。このたとえをもって、衆生の愚を戒めるのである。その理由は、狐は衆生（の姿であり）、道は娑婆世界（のたとえであり）虫類を食うとは世間を渡ることである。四人は生老病死の四苦（の姿）である。耳・尾・牙・頸は生老病死の次第に衰えて行く（姿）である。それなのに、人は生苦、労苦、病苦に対してそれほど恐れてはいない。自分では（多少なりとも）気にかけながらも、なお世間の楽しみを欣んで求めようとしている。このことは、狐が耳尾牙を取ろうと四人で話をしているのを聞いても、あまり心にかけないで死んだふりをしているようなものである。ところが誰でも、例えば死が迫ってくると知ると心が落ちつかず非常に死を恐れる。これは即ち、狐がクビを切ろうと相談しているのを聞いて、驚き逃げるようなものである。従って、狐が逃げようとしても果すことができず殺されてしまう様なものである。狐が一瞬逃げのびたと思う間が人生ではせいぜい五〜六年生きのびたくらいにしか相当せず、その後は生きて身を永く保つことができないのである。

このあと、

常ニ生界ノ無常ヲ観シテ愛習ノ心ニ留マルコトナカレ
（常に今生の無常を見究めて、とらわれの心をもつものではない）

といって、この話は終えています。

ここでの狐は説法の材料として用いられているだけで、妖怪としての性格は全く備えていないことです。殊に仏教説話では王朝時代からの流れの上でのものでありましたが、そうした中で、世俗と仏教のそれでは両者の間に、幾つか異なった性格のありますことに気がつきます。それを次に列挙してみることにしましょう。

第一は「憑き」の点で、世俗説話では『宇治拾遺物語』をはじめ、『芳野拾遺物語』等ではいずれも憑くが、仏教説話ではそれがないことです。

第二に、「化ける」ということが世俗説話では『宇治拾遺物語』に見るようにありますが、仏教説話ではそれがないことです。

第三に、『古今著聞集』に見ます様に夢との関係を世俗説話では示しているのに対して、仏教説話ではそれが見えないことです。

第四は、仏教説話では「比喩、譬え」として扱われていますが、世俗説話ではそれがないことです。

第五は『沙石集』に見ます様に、又、それが他書にも見えますように、仏教説話では小賢しいものとして扱っているのに対して、世俗説話ではそうした点を見ることが出来ない事です。

この様に見てきますと、世俗説話では怪異性を混えて話の内容に重点を置くために、一方仏教説話では話それ自体の興味よりも方便の術に重点を置いたために生じたという話者の姿勢が相違へと導いたものであろうということに気がつきます。

四　御伽草子その他

中世には物語類をはじめ、日記や草紙等多方面に亘り文学作品が見えますが、その内の一、二についてみることにします。

まずお伽草子ですが、これは極く大雑把な言い方をしますと室町時代（一三九二～一五七三）の短編小説集といったもので、内容も多種多様で子女向けのがあるかと思えば、一般の大人を相手にするもの、怪物退治があるかと思えば抹香臭《マッコウクサ》いものもあり、あるいは異類譚ありといった具合です。この草子類がどの位あるのか厳密には分かりませんが、大体、二三〇種類位と思えばよいかと思います。代表的なものとしては、大江山の「酒呑童子」や「鉢かづき」「物くさ太郎」あるいは「一寸法師」や「浦島太郎」等です。そうした中の一つに「木幡狐」というのがあります。狐を題名にした唯一のものです。「木幡狐」はコワタキツネと訓まれています。その概要は次のようなものです。

それ程古くない頃に、山城国（現在の京都南部）の木幡里に長生の狐が居た。その妹狐の美しいことはこの上もなかった。言い寄る雄狐を相手にもしなかった。ある時、三条大納言の御子息の中将君の姿にほれて人間と化して契りを結び若君をもうけた。若君三歳の時、某所より類まれな犬を献上される。中将と若君への想いはつのるが、これ（犬）がいる以上、ここに居ることも出来ぬと見て、乳母（これも狐）と共に、中将が七月七日の管弦で留守居にした折、若君を残して家を出て故郷へ帰って行く。古里といっても都に近い所で、尼と化して後生菩提の道を願ったという。

というもので、異類婚の型をとっています。

ここにおいて我々は一つの疑問にぶつかります。それは『日本霊異記』の下巻第二話をはじめ、この物語、そして現代の民話に至るまで、狐と犬という定まった型があることです。狐の正体を見破るのは、きまって犬であって、狸や熊、あるいは近代になって絶滅したという狼などではありません。その点、中国では犬と共に道術師です。こうした点をどう理解するのか、ということです。これについて一つの定まった結論というのは無理でありましょう。一つの民族において、長い間維持・持続されるのにたった一つの理由ということを考えてみるならば自ずから首肯されてきましょう。

ではどういう点が考えられるか、次にこの点を見てみましょう。

第一は、狐に対抗できる身近な動物で、人間に馴染みのあるものというと犬が第一にあげられることです。そういう犬と人間との関係が中国でも日本でも同じであろうということです。

第二に、中国では術者がしばしば活動するが、日本では、道教は庶民・大衆にまで入ることがありませんでした。そのため道術者というものの挿話への進出はなかったので、これを見ることが出来ないことです。

第三は中国の狐—犬という型の我国への移行、ということです。

よく冗談にいわれますことに、日本の事物の起源については平安時代を名指せば、まず間違いないし、平安時代の事物の起源に中国を出せば、当たらずといえども遠からず、大体無難だ、といわれることです。が、それに拠るわけではありませんが、上代中国の狐譚や民話が現在の日本や中国に活きていますように、あるいは狐譚をはじめ、当時の彼此文化交流等をみますと、他の文化現象と同様に中国の影響の強さは周知のところです。そうした線上での定型化、ということです。

大体、右の点等の複合的に絡まる中での結果であろうと思われます。

中世の作品の内、狐に関したもので殊に目につくのは、狐を冠せた地名が多くあらわれることです。その一、二を次に記してみます。

狐川といへる里に行きくれてよめる

里人のともす火かげもくるゝ夜に

よそ目怪しき狐川かな

(狐川という名の里に行き暮れた時によんだもの。里の人の灯す火陰も暮れ行く夜に闇には狐川のその名の様によそ目にも怪しい、無気味なことよ)

というのがあります。これは、道興准后作の『廻国雑記』の中の一節です。

この作品は、文明一八(一四八六)年六月に京都を出立し、北陸・東海の諸国を紀行した折のもので、その三月、即ち、翌一九年の項に、宇津宮を出て塩谷《シオノヤ》に行く折に狐川という里についた時のものです。狐川は今は喜連川《キツレ》として塩谷にあります。

その他には藤宗友撰の『本朝新修往生伝』の最初のところに、

丹後国狐濱有一行人

(丹後国、今の京都府の狐浜に一人の行者が居た)

という形で狐浜が見えます。先のが栃木県で、これは京都といった具合に離れていることにかかわらず、この様な形で現われています。これ以外にもよく見えます。そうして、先にもふれたように、殊に中世においては狐が作品内に多く出てきます点が特徴的です。

注

1　笹野堅校訂『能狂言・上』（岩波文庫・昭和一七年七月刊）解説七〇頁。

2　中島悦次校訂『宇治拾遺物語』（角川文庫・昭和三五年四月刊）三七六頁。

3　C・Fコックスウエル著「北方民族(上)の民話」（『アジアの民話・3』）大日本絵画社・昭和五三年一一月刊。三五～三六頁。

4　中山太郎著『日本民俗学』第一巻、二六一～三七一頁に「悪口祭」としてある。

5　『望月仏教大辞典』第二巻、一八三二頁。

第四章　近世文学に見る狐

近世文学における狐を見ると、正直なところキリがないという感じがします。というのは、近世期のどの分野にせよ文学の上に狐はとりあげられているからです。それらを一つ一つ見るとしたらそれこそ、これだけで一冊分になります。とにかく多いのに驚きます。諸国の奇談、道中記、物語、随筆、韻文の俳文、和歌、川柳等、数え上げたらキリがありません。どうしてこんなに多いのだろうかと自ずから疑問が生じます。これには幾つかの答えが用意されるでしょう。例えば、上代から中世までに培われてきた歴史的地盤があるとか、幕藩体制に伴う中央と地方の結び付きによる道路の整備であるとか、あるいはまた、民俗との関係である等といった具合にです。その他でも興味本位による採録、文芸思潮との結び付き等、これまた多くの接点が考えられます。これらの内、初めに草双紙を通してやや専門的ではありますが通覧し、ついで怪談集での狐譚を見てゆくことにします。

さて近世期全般を通覧しますと、幾つかの傾向を見ることができます。

その一つは新しい狐譚が見えることです。例えば、佐竹藩士、井口宗翰による『寛斎雑記』にはアメリカの狐が見えます（原武男著『江戸時代諸国奇談』昭和48年12月・河出書房刊に紹介されている）のがその例です。

第二は落語、講談等に見えるもので、諧謔的、道義的な性格で扱われていることです。

第三は筋が込み入り、複雑なものになっていることで、絲車九尾狐がその良い例です。

第四は前時代の中世における抹香臭さがなく、怪異性が増大してくることです。

第五は稲荷信仰あるいは稲荷との関係で扱われていることで、これは中世には見られない（見えてもごく少数）ことです。

第六は憑き現象が作品化されていることで、それを多く見ることが出来る点、殊に近世的であるともいえましょう。

こうした諸点の内、ごく一部を以下に見ることにします。

なお付言したいことは、『江戸語大辞典』にこの時代の諸書における狐が見えることです。この書は最近、講談社学術文庫の一冊として『江戸語の辞典』と銘打って刊行されたので、それで見られれば、読者にとって大局的にこの時期の狐の語彙と出典等を知ることができます。

一　草双紙に見る狐

草双紙というと、一般には赤本、黒本、青本、あるいは読本、合巻本、黄表紙等や仮名本、浮世草子、噺本、人情本、滑稽本、洒落本等を指します。

これらの内、色彩に関係のありますのはその表紙の色合いから名付けられたもので、人情本や滑稽本、洒落本などはその書物の性格から言われたものであり、そうした一連の小説的読物をまとめて一般に草双紙《クサゾウシ》といいます。

こうした草双紙物を一口に「双紙物」と言っていますが、その数は相当なものでありましょう。例えば、中央公論社の『洒落本全集』によると五七〇余作であります。あるいは小池藤五郎氏が言及されている[1]ように、その数といい、近時の盛況に伴う研究・蒐集の結果、近世期の双紙類全体では相当な数になることです。恐らく、数千から万に近いのではあるまいか、とも見られています。

従って、そうした数の中には題名に「狐」が見えなくても、狐の扱われているものも多々ありましょう。例えば「妖婦伝」や「玉藻譚」等のように。

この様なわけで、丁寧に見てゆけば狐が題材としてのものは相当にあろうと考えられますし、それらを一つ一つあたるべきかと思いますが、それは時間的にも方法的にも無理です。

こうした中で、一つの方法は「狐」という文字が作品の題名に見えるものは、その内容如何を問わずに取り上げ、考察することです。

このため、狐を題名に冠したものに、どの様なものがあるのか、という点から見てゆくことにします。それを略年表にしたのが次のものです。

なお狐の字に基点を置いたため、明らかにキツネを指す「野干」もここでは除いてゆくことにしました。

西暦	年号	種類	作品と作者（冊数）
一六八八〜一七〇三	元禄年間	浮	好色世の昼狐（三）
		浮	好色おはな狐（五）
一七二六	享保一一	浮	安倍晴明白狐玉（五）〈八文字自笑・江島其磧〉
一七五六	宝暦　六	黒	男色狐敵討（二）
一七六二	一二	黒	男源九郎狐出世噺（二）
一七六四	明和　一	黒	政道狐替（三）
一七六五	二	黒	風流狐馬乗出世壽
一七六七	四	読	風流狐夜咄（五）〈豊田軒可候〉
一七六八	五	黒	料理献立狐の振舞娯伽草（二）〈丈阿〉
一七六九	六	黒	狐福ものくさ太郎（一）
		青	藤森東西こんこんちき
一七七一	八	黒	狐猿間違噺（一）
		青	伊勢国広瀬野狐（三）

一七七二	安永一	読	怪談記野狐名玉（五）〈谷川琴生絲〉
		黒	福徳白狐珠（一一）
一七七七	六	黄	狐馬乗出世壽（三）
一七七九	八	黄	日照雨狐嫁入（二）〈市場通笑〉
一七八〇	九	黄	夜野中狐物（二）〈王子風車〉
		黄	扠化狐夜噺（二）
		黄	扠化狐通人（二）〈伊庭可笑〉
一七七二〜一七八〇	安永年間	洒	狐の藻（一）
一七八三	天明三	黄	間違狐之女郎買（三）〈市場通笑〉
一七八四	四	黄	狐今安意嵯峨御開帳（二）〈若松萬歳門〉
一七八五	五	黄	無物喰狐壻入（三）〈市場通笑〉
一七九〇	寛政二	読	信田白狐伝（五）〈釈誓誉〉
一七九一	三	読	通俗白狐通（四）
一七九四	六	黄	夫ハ水虎是ハ野狐根無草筆芿（三）〈山東京伝〉
一七九五	七	黄	源九郎狐葛の葉狐イカニ弁慶御前二人（二）〈桜川慈悲成〉

一七九六	八	黄	怪談家内奇狐狸（二）〈春道草樹〉
		黄	昔語狐娶入（三）〈誂々道景則〉
一七九七	九	黄	今昔狐夜噺（三）〈十遍舎一九〉
一七九八	一〇	黄	賽山伏狐修怨（二）〈畊書堂唐丸〉
		黄	三角雪婦焼酎狐火腹鼓臍囃曲（三）〈式亭三馬〉
		黄	一狂言狐書入（二）〈南仙笑楚満人〉
一七九九	一一	黄	赤本狐黒本狐両説娵入奇談（二）〈十遍舎一九〉
		黄	穴賢狐縁組（二）〈十遍舎一九〉
一八〇〇	一二	洒	白狐通（一）〈梅暮里谷峨〉
一八〇三	享和三	黄	木颰杜野狐之復讎（三）〈十返舎一九〉
一八〇四	文化一	黄	はかた小女郎恋仇討狐助太刀（三）〈十返舎一九〉
		読	白狐伝（一）〈塩屋艶二〉
一八〇五	二	黄	五風十雨狐娶入（二）
一八〇六	三	読	白狐伝（九）〈石田玉山〉
一八〇八	五	合	諏訪湖狐怪談　前編（五）後編（五）〈十返舎一九〉
		合	安達ケ原那須野原糸車九尾狐（九）〈山東京伝〉

一八一二	九	合	女忠信男静釣狐昔塗笠（六）〈山東京伝〉
		合	大通人狐幸（三）〈十返舎一九〉
一八一五	一二	合	俊狐（六）〈東西庵南北〉
一八一九	文政二	合	お花半七狐挙濫觴（三）〈茗渓庵〉
		合	萬福狐の嫁入（二）〈十返舎一九〉
一八二〇	三	合	合三国小女郎狐（六）〈柳亭種彦〉
一八二二	五	合	小女郎狐手引仇討（六）〈月光亭笑壽〉
一八二四	七	合	釣狐花面影（五）〈東里山人〉
		合	三国白狐伝（六）〈五柳亭徳升〉
一八三〇	天保一	合	三国妖狐殺生石（一九）〈五柳亭徳升〉
		読	本朝悪狐伝（一〇）〈岳亭丘山〉
一八三二	三	合	妖狐天網島（六）〈二世立川焉馬〉
一八五二	嘉永五	合	長壁狐妖婦奇談（四）〈楽亭西馬〉
一八六二	文久二	合	花袠狐草紙（八）〈仮名垣魯文〉
年代未詳		赤小	京ひがし山　ばけぎつね（一）
		黒	狐のふりそで（二）／嫁入きつね（二）／きつね（二）／保名丸白
			狐玉（三）
		赤	ばけぎつね（一）／城狐社鼠

〈　〉のないのは作者未詳のものです。

なお、表中の略字はつぎのものをさします。

浮→浮世草子　黄→黄表紙　洒→洒落本　読→読本　合→合巻本

赤→赤本　赤小→赤小本　黒→黒本　青→青本

こうした狐に対して、狸はどうであろうかと思いみましたのが、次のものです。基準は狐と同一のものです。

西暦	年号	種類	作品と作者（冊数）
一七五八	宝暦　八	青	加茂長明狸腹鼓（三）
一七七二	安永　一	青	金時狸土産（二）
一七八〇	九	洒	狸の穴這入（一）〈強異軒〉
一七八三	天明　三	黄	睾銀自在狸金毘羅（三）〈帯野横好〉
一七八九	寛政　一	黄	かちかち山ちょんちょん幕引返狸之忍田妻（二）〈芝全交〉
一七九五	七	黄	昔料理狸吸物（二）〈桜川慈悲成〉
一七九八	一〇	黄	黒手八丈狸金性水（二）〈桜川慈悲成〉
一八〇二	享和二	黄	色男狸金箔（三）〈十返舎一九〉

一八〇九	文化　六	合	腹鼓狸忠信（三）〈式亭三馬〉
一八二八	文政一一	合	忠臣狸七役（二）〈十返舎一九〉
一八三二	天保　三	合	関東白狸伝（一）〈五柳亭徳升〉
一八三六	七	読	草話風狸伝（五）〈一口泉老人〉

このように見てきますと狸は狐に較べてはるかに少ないことが分かります。

さて、右の結果を種類別に見ますと次のようになります。カッコ内の狸はその数です。

赤小本　一
赤本　一
青本　一（二）
洒落本　二（一）
浮世草子　三
読本　七（一）
黒本　一
合巻本　一五（三）
黄表紙　二一（一一）

合計　六二（一一）

これらの他に、その題名から明らかに類推できるものに、次のものがあります。参考までに記してみます。

西暦	年号	種類	作品と作者（冊数）
一七六九	明和　六	青	王子藤森東西こんこんちき（二）
一八〇二	享和　二	洒	野干あな這入（一）〈十遍舎一九〉
一八〇五	文化　二	洒	青楼日照雨（一）（「野干あな這入」の後編）〈十返舎一九〉
一八〇八	五	合	俗言種野干拳（二）〈十返舎一九〉
一八二五	文政　八	読	霊狐奇談絵本双忠録（一〇）
一八六六	慶応　二	合	新局九尾伝（初編・一六冊）〈二世春水〉

右は狐のものですが、これに対して狸のほうはどうかと見るに、

西暦	年号	種類	作品と作者（冊数）
一八〇五	文化 二	黄	父母怨敵現腹鼓（三）〈竹塚東子〉

の一例を見るくらいです。

これらをも含めたものを一つの目安にまとめると次のようになります。

赤小本　一
赤本　一
青本　二（二）
浮世草子　三
洒落本　四（一）
読本　八（一）
黒本　一一
合巻本　一七（三）
黄表紙　二一（一三）

合計　六八（一三）

右を見ますと、黒本、合巻本、黄表紙の三本で四九作、七二％を占めることを見ます。殊にその内でも黄表紙一本で三〇％に達する率です。これは九本の平均一三％の約三倍弱に値するものです。

次に右の六八編の作品を見ますと、ほとんどが一作だけの作者ですが、複数の作品を成すものもおりまして、それは次の如くです。

五柳亭徳升　二

山東京伝　三

市場通笑　三

十返舎一九　一〇

この内、十返舎一九はその表記を十偏舎、十返舎などと多用しています。

このように見てきますと、二つのことに注意がむけられます。それはどうして、黄表紙ものが多いのか、ということです。第二に、十返舎一九が他を抜いて多いことの理由は何か、ということです。

こうした二つの問題を見るために、黄表紙と他の作品との関連、同じく、一九の作と他の作者の作品について それぞれ見ることとしましょう。

先ず第一は、楚満人（寛延二―文化四・1749～1807）の「一狂言狐書入」です。

これは老狐の居眠りの耳元で法螺貝を吹いた二人の男が狐の仕返しでひどい目に遭うというもので、その概要は次のようなものです。

法印と京意という二人、飛鳥山への花見の折、老狐の寝ている耳元で法印は法螺《ホラ》を吹きびっくりさせる。狐は一目散に逃げて行く。その帰路の黄昏時、四、五十両の財布を拾う。稲荷信仰の京意は落とし主の気持ちを考え、その金を使ってしまおうとする法印をたしなめるが、法印は聞かない。そして、それならばこの金で大奢りをしようということで浅草方面に駕籠で行く。

かたや狐は仲間に言い、親分狐の廻状をもとに分担を決め、禿《カムロ》、花魁《オイラン》、新造《シンゾウ》等が出揃う。一方、二人は大門口まで乗り付ける。見知らぬ茶屋で大盤振舞をする。明け方、別れを惜しんで帰る。京意はほんものの金を使い、法印は拾った金なので、木の葉ばかりのものである。そのため散々な目に遭い、詫びてほぼ坊主になり終えんとする時に、京意が残らず出して支払いをしたのでその場を繕うことができた。狐の方は稲荷信仰の京意を瞞すのは不本意と他の狐共と相談する。その後、京意が法印の家に来ていると、例の茶屋の使いの若者二人が来る。その差出す花魁の文箱を開けると女郎忽然と現われ怨み言をいう。京意すかさず二人の襟首を捕えて煙管でいぶすに正体を現す。打殺さんとするに、狐共は化け上手の親分が捕まり肝をつぶして謝りにくる。向後は人を化かすまじとの証文を出すから助けて呉よとのことである。どの狐が人に憑いても二人が来たら離れて（二人の）手柄にさせるから、とのことである。

このため二人は家富み、繁昌し、稲荷を建立して万々歳であったという。

この「一狂言狐書入」は寛政一〇（一七九八）年に刊行されたもので、二冊本の黄表紙です。

これに対して「一狂言狐書入」と同一年に刊行の洒落本の「傾城買二筋道」を見ますと、夏の床と冬の床に分かれて、次のようなものです。

夏の床―では、遊女・須磨と浮気なうぬぼれの客・五郎という色男が会話をしながら、身売りの判のことから借金のことなどをとりあげながら、結局は遊女に愛想をつかされるというもの。

一方の冬の床―は夏の床の逆をゆくもので、不《ぶ》男の客・文里は遊女・一重にそっぽをむかれるが他の遊女・九重、よしの等が歓待してくれるので、折々来ているが、今夜も一重はすねている。文里は一重の身を案じている旨他の遊女に話をする。他の遊女に意見をされた一重は気持ちはいいが顔をみると腹が立ってくるという。他の遊女の話をきき、文里のもとに行き詫びに小指をつめた後、ようやく文里も真心がわかり二人の仲は一つになった。

この様に、黄表紙に対しての洒落本は廓を舞台にしての半可通を題にしたものが主体です。

次に、一八〇八（文化五）年になる「絲車九尾狐」を見ることにします。これは九冊からなる合巻本で、A5判でびっしり三四頁に及ぶものなので詳しく記すことはとどめますが、これは、身を滅ぼされた九尾狐がその敵を老女の身に憑いて果すが、結局は、逆に亡ぼされてしまうというものです。

これの作者は山東京伝（宝暦一一―文化一三・1761～1816）です。

ここで十返舎一九（明和二―天保二・1765～1831）のものについてみることにします。

一九の狐譚では中期にあたる一八〇三（享和三）年になる「木颯杜野狐復讐」というのがあります。これ

は上・中・下の三部より成り、「上」は、

駿州に西国太郎という盗賊がいた。その下に股毛の六蔵という者が居る。六蔵は岡部で夫婦連れの旅人に目をつけてその夜二人を襲うに、旅人が強く、這々の態で逃げかえる。逃げかえる途中から物怪に憑かれたようになり、戻った後で、自分は王子の狐であるが、都見物に行く為に女狐と藤枝まで来たが、この六蔵に昨日襲われ道中覚束なくなったので取憑いた。早く医者を呼び本復させよ、と六蔵の口をしていわせる。医者を指定し本復すればその恩に報いようという。

その医者を呼んでくると、翌日回復するが、寒空故に、長の道中は覚束ないので春まで逗留するから、ここに祠を建てよ、そうすれば、この家の繁昌を祈り守神となる予定であるといったので、その意に従った。

ついで、「中」は、

稲荷を勧請の夜、六蔵の狐は離れる。この稲荷、誰いうこともなく夫婦稲荷といい願をかけるに皆成就し盛況し今にその祠の跡があるという。

事件の翌春のある夜、太郎が家の軒先で庭を眺めていると奥庭の方で人の声と斬り合う太刀の響きがある。太郎が降立って見るに、人影はなく助けを求める声があった後、一匹の狐が怪我をしながら出てきたので、手下に介抱をさせ、太郎は寝床に入り臥した。すると、夢に武士が立ち言うに、勧請の夫婦狐は王子の狐ではなく、駿州木颷杜に棲む狐で自分の女房と密通したものであるという。今、ようやく捜し当て女狐は討止めたが、あなた（太郎）が入って討つことができなかった。このままでは敵を討つことができない。どうか、敵を討たせてくれと頼んで消えた。

夢から覚めた太郎は介抱している狐に夢のこと、畜生といえど義心のあることについて教訓すると、納得したのか礼拝して奥庭の方に立ち去る。久しくして争う声があった。翌日見ると彼の狐が討死していた。

というもので、最後の「下」は、

その翌日の夜、門戸をたたく者があるので、入れると昨夜の夢の武士で敵討ちの礼を述べ、敵狐の勧請の誓約は自分が受継ぎ貴殿を守ろう。今年の夏に命危き事があろうが自分が救い申し上げると礼を述べて消え失せてしまった。

予言の如く、太郎の悪事糺命すべしということで捕手がきて、苦戦の後ようやく一町ばかり逃げのびてくると馬がある。天の恵みとばかり打乗り安倍川まで来ると馬は疲れ仆《たお》れてしまう。その時一匹の狐が出、たちまち人の姿となり、約束通り救い申したという。畜生さえ一端の恩に報いるという。その志に感心すると共に、我身の業悪を恥じて真人間となり、後、城主に認められ、家栄えたという。今、その屋敷跡があるという。

というものです。

これを見ますに、寛政から文政の三〇年程のものに集中的に見えることに気がつきます。即ち寛政年間

（一七八九～一八〇〇）に一二編を数え、文政年間（一八一八～一八二九）六編がそれです。

これらの内、実際には寛政二（一七九〇）年から文政七（一八二四）年にかけてのものが右の数字の実質であり、三四年間に二九編、全体の四三・九％が成っています。

さて、前に戻り先の三編について見ますに、共通することは「民話」が部分的に含まれて一編の構成に彩りをもたらせていることです。

右の梗概には記しませんでしたが、「絲車九尾狐」では「夕づる」に代表される鶴の報恩譚がありますし、「一狂言狐書入」の出だしは「狐と法師」に拠りますし、「木颷杜野狐復讐」の後半は狐の報恩譚の形であるという風にです。

第二は、孝行譚や説教的要素があることです。

例えば「木颷杜野狐復讐」については先の概略に見えましたし、「一狂言狐書入」では稲荷信仰と善因善果が、「絲車九尾狐」では随所に孝行譚が見えるのです。

第三に、狐の霊力、尋常ならざる力の見えることです。

例えば「木颷杜野狐復讐」の予見性や憑きもの現象、「一狂言狐書入」の変化《ヘンゲ》さと同じく憑きもの現象、「絲車九尾狐」も右の二編での力をすべて備え持つという風にです。

これら三編に於ける現象は、これらに限定されたものではなく、他の「狐譚」においても見られるものです。勿論、中にはその内の一つが欠けるのもありますが、大体が右の要素を持つものです。

こう見てきますと、既に先学諸家が指摘されています様に、草子類、例えば「赤本の第一の特色は昔話・民話の類に盛んに取材したことである」[2]ということが、これら黄表紙本や合巻本等他の草双紙にも摘要されるということです。と、同時に一歩突っ込み考えますに、こういう草双紙が現在いうところの民俗学の役割を担っていたのではないかということです。今、この点について「絲車九尾狐」を通しながら見てみます。

主君一行の身代わりとなった妻・小絹の書き置きの中に「香箱」の「香」にふれて記すところの

> 香箱の中の香は妾が幼き時より持伝へたるものにて御座候。人死して未だ生るゝ処定まらざる中は宙宇とやらに迷ひぬるよし。宙宇には食物無く唯香を食する由其れゆゑ宙宇の総名を食香と申すよし予て承り候。憚りながら御手づからこの香を御焚き一遍の御回向遊ばし下され候はゞ妾が為めには百味の飲食、村太郎が為めには乳房ともなり候はん
>
> (香箱の中の香は私が幼い時から持っているものでございます。人が死んでいまだ生まれ変わるべき来世の定まらない間は空間に迷っているとかのことで、たとえ空間に食物がなくても、唯、香がありさえすればそれを食物替わりにするとのことで、それですから、空間の総名を食香と申すとのことをかつて承ったことがございます。失礼ながら、あなたの御手でこの香を御焚きいただいて、手向けの回向を一遍でもしていただけますならば、私にとっては百味の飲食にも相当し、我が子村太郎にとっては乳房にもあたるものでございましょう)

というのがその一例です。

ここの「食香」の観念は当時の民俗思想です。

あるいは鶴の報恩譚をさすものは、右の食香のすぐあとに次の内容として見えます。

孝子の卯藤次は両親の命日の墓参の帰りに田の畔に傷を負った鶴を見つけ家に連れ帰り、一か月程後傷癒えたので空高く放してやります。

或る夜、艶女が来て、幼き時に親の定めた許嫁の小谷というものであると名告り、証拠の結納の目録を見せ、やがて夫婦となった。

ところが小谷は布を織る時は一間に閉じ籠って、夫を近づけない。

ある時、小谷は懐から黄金の札を落した。それは卯藤次が助けた鶴の足につけたものであった。その札を懐に入れた小谷は織物をする一間から見慣れない織物を手に、実は自分は人間ではなく、あの時に助けていただいた鶴である。報恩の為に妻となって、貧苦を救おうとしたのである。ここにある織物は鶴裳といって、邪神妖怪の害をも除くものであるという。

さめざめと泣いた後、鶴となって空高く飛び去っていった。

右がその梗概です。ここでは異種との結婚が人間の約束不履行によって破局を迎えるという通念が、異種である鶴それ自体の失敗から破れるという風になっていますが、鶴の恩返し譚であるということには変わりがありません。

現在ならば、民話や憑きもの現象等についてはこれを民俗学の領域において取扱うものですが、当時にあってはこうした名称や学問体系は勿論ありません。従って、こうしたものに対する興味・関心は記録の形を取るか、見聞録の形を取るか、さもなくば作中に用いるしかないことになります。

ここで思い浮かぶことは、草双紙の読者の問題です。

即ち、これら草双紙の販路を当時の戯作者は家庭内の殊に婦女子を通した点に、見出していたといわれています。

このことは題材に対する親しさ、ことに妖異に対する年少者の興味、孝子を中心としての人情の含まれています点の婦女子の趣向に適う点などがあげられます。

こうしたことに対しての配慮と戯作者自身の興味・関心などが合致したところに、作品の成立動機があると考えられます。換言するならば、民俗学の仕事を彼など戯作者が一部代行したともいえることです。

○

ここでは個人で多作をなしている十返舎一九について、何故これを多く扱っているのか、という点をみたいと思います。

周知のように、十返舎一九は「東海道中膝栗毛」(一八〇二・享和二年初編)を著わした滑稽本の代表的作者です。

一九の狐物の最初は寛政九（一七九七）年三二歳の時の「今昔狐夜噺」におけるもので、その最後は文政二（一八一九）年五四歳の折の「萬福狐の嫁入」の二冊本です。この間に作をなしているわけです今、それを年を追って順に記してみますと次のようです。

西暦	年号	作品	年齢
一七九七	寛政　九	今昔狐夜噺	三二
一七九九	一一	赤本鼠 黒本鼠 両説娵入奇談	三四
		穴賢狐縁組	
一八〇二	享和　二	野干あな這入	三七
一八〇三	三	木颫杜野狐之復讐	三八
一八〇四	文化　一	はかた小女郎恋仇討狐助太刀	三九
一八〇八	五	俗言種野干挙	四三
		諏訪湖狐怪談（前編・後編）	
一八一二	九	大通人狐幸	四七
一八一九	文政　二	萬福狐の嫁入	五四

又、一九は狐だけでなく、江戸期戯作者が扱う数の少ない狸についても

西暦	年号	作品	年齢
一八〇二	享和　二	色男狸金箔（三）	三七
一八二八	文化一一	忠臣狸七役（二）	六三

に見るように二作をなしています。前者は黄表紙本で後者は合巻本です。

この様に、一九の狐狸に対する興味・関心は他の戯作者の比ではありませんでした。この理由はどこに求められるものでしょうか。

これについて考えられますことは、第一に時代の動向、殊に社会整備のことであると言えましょう。この時期について、文化史の面から

泰平が続くうちに、諸藩の交通も盛んとなり、名所旧跡の巡歴も賑わいを増した。すでに寛政（一八世紀末）ごろから諸国の名所地誌の絵本が多く作られ、国土への関心が深められた。[3]

ということが言われております。

確かに、一八〇一（享和一）年の「絵本東土産」が、山東京伝によって四〇冊の大部のものとして出版さ

れたのをはじめ、この時期に多く見えますことは、年表等によって知ることが出来ます。

こうした空気の中で、戯作者はこれを動物譚として著わしていたのではないかということです。例えば、当時の狐狸譚において気の付くことは、固有名詞の多いことです。伊庭可笑（?—一七八三・天明三?）の「扨化狐通人」、これは一七八〇（安永九）年作でありますが、その概要を通して右の点を見ることにします。

松川村に老白狐夫婦が居た。みさきなる娘と手代の九郎介、近く養子に迎えた森之丞がその家族であった。九郎介はみさきに恋慕するあまり、森之丞を追払い跡目を継ごうとして、森之丞を色男に化けさせて傾城買いを覚えさせる。森之丞が色町に出掛けているとき、九郎介はみさきを口説くが、みさきにたしなめられてしまう。森之丞は九郎介の手引きで家伝の宝珠を質に入れ、色町にふける。森之丞が宝珠を持ち出した件を白狐夫婦に密告したので、森之丞が詫びるが勘当をうけることになる。九郎介はなおも娘、みさきを口説くが無駄で、土蔵の金を盗んで逐電。

一方、森之丞は傾城真崎《マツザキ》の処へ行くが、真崎の力をしても質草の三百両は出来ない。そこで乳母の処へ行くがそこの伜達の知恵でも容易にはできない。そこで思いついたのが芝居を出すことで、三人してやるに好評で、できた三百両を手に伜達と養父のところへ行き勘当は許される。晴れてみさきと祝言をあげ、官位を得て、森之丞は笠森稲荷、みさきは三崎稲荷大明神とあがめられる。娘の親に頼み、宝物を取り戻した褒美に兄は玉を、弟は鍵を家名に名告りをすることを許され、それを染め抜いた「のれん」を出して共に商売繁昌し、兄は森之丞の契りたる真崎を尋ねるが、会えぬつらさで故人となった真崎のために大金を出して真崎稲荷大明神を安置し、兄弟も後に杉の森稲荷大明神とあがめられた。今でもひっきりなしに人の慕い来るものが跡を絶たないということであるという。

右がそれです。これは江戸谷中の笠森稲荷をはじめ、三崎稲荷、杉の森稲荷などの起縁を黄表紙の形で描いたものです。その他においても狐譚を用いてことに稲荷縁起を結びつけており、名所地誌的役割を担っていることが分かります。

一九の場合、先に見ましたように「東海道中膝栗毛」のできる五～六年に、こうした狐譚が集中的に刊行されていることです。その意味では、彼の狐狸譚における創作意図の一つに「東海道中膝栗毛」の準備期ともいうべきものが含まれていたのではあるまいか、と思われることです。

第二に考えられますことは、同じ時代の動向でも、殊に社会政策の面からのものがあると見られることです。

「東海道中膝栗毛」における弥次郎と喜多八をみますに、これを江戸気質に対する痛烈な諧謔と見、そこに政治批判を読み取る可能性があるといわれますが、彼の狐譚に付いてのその点は乏しく、その基底は封建制下におけるそれを肯定した上での教訓性が強いということです。

それは先に触れましたように、婦女子に対するものと同時に、角度を変えますならば時勢による拘束と見ることができることです。その時勢とは為政者の権力介入によるものです。具体的には、これから一本立ちしようとする一九の時期における文芸への弾圧です。

一九のこれからという時期である一七九一（寛政三）年に、山東京伝は手鎖五十日の刑を受けました。これに代表されますようにその後の権力介入の厳しさは史学の指摘するところのものです。

寛政の改革の進行と一九の戯作者としての過程は並行する時でありました。

こうした時期でありますので、黄表紙の持つ政治批判という一つの要素（これに付いての比重は論者により幅がありますが）が転換する必要に迫られていたのです。そこに狐狸譚を持つ作品の集中的成立の一因を見るのです。と同時に、その内容は先に述べました様に、批判的というより肯定的なものであります点に特徴を持つことです。

こう見てきますと、体制に対する肯定的要素の内的要因があったものだろうか、という問題が生じてきます。言い換えるならば、右の二点は一九を取り巻く外的要因であったわけで、これに呼応する内的要因あったのであろうか、ということです。次にこの点について見ることにします。

結論を先にしますならば、それはあったということです。

その第一は、生活のためということです。

周知のように、一九は大阪から一七八四（寛政六）年に江戸に出て蔦谷重三郎の食客となり、一七九七（寛政八）年に「心学時計譚」を出して、多少人の知るところになります。しかし、生計を支えるほどのものではありません。一方で戯作者への夢は捨てきれず、商家に入婿しても収まらない一九の性分は書くことによって糊口をふさぐ必要がありました。このため、婦女子、殊に興味、関心を強くする子供などに狐狸を用いることは、大衆に受ける要素になり、これを題材にする必要があったと思われます。そこに政治批判の要素が自ずから減ずる要因を見るのです。

第二は一九の出自ということです。

出自の問題を果して内的問題とするか、外的問題とするかは論の分かれるところです。が、こうしたものが生活の内に陰に陽に左右する動因を持つと思われますので、ここにおいたのです。

一九の経歴についての詳しいことは分かりません。その主な資料は『江戸作者部類』や彼の著作の断片的に見える自身に言及したもの等であり、他は「過去帳」その他、一、二ある位です。

それらを通して見ますに、姓は重田、名は貞一といい、駿府の出身です。過去帳に依れば「千人同心」の子としてあり、『江戸作者部類』には「弱冠の頃より或侯館に仕へ」とありますこと等によって、その出自が武士、それも下級のそれであることが分かります。言い換えますならば、武士の子として育まれた幼・青年時代の家庭環境が一九の性向を方向づけたと考えられることです。

従って、右に見ましたこうした条件のもとになる一九の作品は、たとえば通笑作の「間違狐之女郎買」や先の「一狂言狐書入」等のように、女郎や色町の占める率は少ないものになっていますと同時に、政治に対する批判への抵抗が小さくなったということです。

ここで先の一九の狐の題名の作品の成立時期に目を転ずると、その多くが彼の代表的作品の成立以前になっているということです。

勿論、ここで代表的作品とは何かということになりますと、多作の中で一定し難い要素がありますが、例えば「朝日・古典全書」本をはじめ、諸書の一九の代表的作品を照合してみますと、ほぼ一つの傾向を見ることができます。このことは観点を変えれば、狐譚は周作的意味を持っていたのではないか、ということです。以上の諸点の混在する中で、一九の多作の一因を見ることが出来るのではないかと考えるのです。

二　怪談集に見る狐

第一節において、近世文学の一部である草双紙を中心として十返舎一九などの戯作者に見る狐の問題を取り上げてきましたが、多少固い面があったかと思いますので、ここでは少し趣を変えて怪談集を中心に眺めて行きたいと思います。

近世の怪談集というと、第一に思いつくのが『江戸文芸』全二九巻です。厳密には「日本名著全集」の第一期出版の『江戸文芸之部』のことであり、その第一〇巻目が『怪談名作集』となっています。これは日本名著全集刊行会が大正末期から昭和初期にかけて刊行したものです。これには、

伽婢子《オトギボウコ》　寛政六年　水子松雲
狗張子《イヌハリコ》　元禄五年　浅井了意

怪談全書　元禄一一年　林道春
英草《ハナブサ》紙　寛政二年　近路行者
繁　野話《シゲ〻ヤワ》　明和三年　〃
雨月《ウゲツ》物語　安永五年　上田秋成
唐錦《カラニシキ》　安永九年　伊丹椿園
莠句冊《ヒツジグサ》　天明六年　近路行者
垣根草《カキネグサ》　寛政五年　草官散人
漫遊記《マンユウキ》　寛政一〇年　建部綾足
付録　百鬼夜行絵巻　伝土佐経隆筆

の一〇作が収録されています。

なお右は上から順に作品名、成立年、作者です。

近世の怪異作品は中国文学の影響を受けて、重要なジャンルの一つになっており、他にも「虚実雑談集」「諸州奇事談」「化物判取帳」等その数は相当なものです。

ここにおいては怪談についての、解説や所見を述べるのが目的ではありませんので、以下、これら一〇作の中に見える狐の様態を眺めてみることにします。

1　伽婢子《オトギボウコ》に見る狐

これは寛文六年、即ち一六六六年に刊行されたもので一巻一冊で一三冊から成ります。その内容は、例えば巻之二で見ますならば、

十津川の仙境
真紅撃帯
狐の妖怪

の三話から出来ています。

この三番目の「狐の妖怪」は概要次の如きものです。

江州武佐の宿に小弥太という相撲を好む肝っ玉の太いのがいた。ある時、篠原堤を行くとあたりは既には暗くなっていた。前後に人影一つないところだった。すると、狐が道の傍から駆け出し、人のしゃれこうべを頭にのせて立ち上がって、北に向い礼拝をした。そのしゃれこうべは地面に落ちた。しかし、それを又取って頭にのせた。かれこれ七、八度それを繰り返すと落ちなくなり、そこで狐は後足で立って百度ばかり北を拝んだ。小弥太が不思議に思って見ていると、それは一七、八の並びない美女となった。狐の化けたその女は小弥太の前を泣きながら行く。女の正体を知っている小弥太は狐で一儲けしようと思い立つ。そうとも知らずに女は小弥太に身の上を哀れっぽく語り、彼について小弥太の家に来た。

一方、小弥太の宿には石田一令助《イチノスケ》という者が泊まっていた。狐の女を見初め、百両を積んでもらいうけた。女は石田の家では本妻をたてて、自分は妾として仕えるので本妻も悪い気はしなかった。その半年後に石田が京に上り、高雄の僧に会うと、妖怪に犯されて精気なしといわれ、このままでは生命が危ないといわれるが、その時は笑って受け付けなかった。やがてだんだんと顔に色つやがなくなり、やせてきた。医療を施すが効果はない。そこで高雄の僧の言葉を思い出し、家人に岐阜の石田の家へ僧を連れて来るよう言いつけた。やってきた僧は祭壇を作り祭文を読み終えると、にわかに黒雲がたなびき、雷鳴が轟きわたった。その中で女は倒れ死んでしまう。見れば古狐で首にしゃれこうべがついていた。その女がくれた小物等をみると、皆、ぬかや葉等であった。石田はそれを機に快方に向かった。又、小弥太を求め尋ねるに、すでに移転して不明であるとのことであった。

というもので、絵二葉が描かれています。

巻の九を見ますに、その初頭に「狐偽て人に契る」（狐が化けて人と契った）というのがあります。その概要は、

安達喜平次という者が江州（現在の滋賀県）の坂本に住んでいた。ある時、身分の高い人（公方）のところへ挨拶参りをしての帰り、山越えのところで日が暮れた。その淋しいところで一七、八の類ない美女が一人で石につまずきながら今にも転びそうになりながらいるので、家来を女のところに行かせていろいろ尋ねるが一言も喋らない。そこで喜平次が馬を近づけ送ることを申出て馬に乗せたところ、そ

の軽いこと薄い着物ほどであった。その女のあまりの美しさ、香しさに安達は、この美女のためなら例え露と消えても恨むことはないとまで思うのだった。送るため京へ向けて一町（約一〇九メートル位）程行くに、女の伴童が五、六人、さらに二町ほど行くと六〇余りの男が出てきて安達に礼を言い、その夜は美女の館で世話になることとした。そこは仙境かと見間違うばかりの様子で、家、屋敷、乳母にいたるまでこの世のものとは思えないほどであった。やがて夜明け方になり、家の内が俄かに騒々しくなり盗人がきたと慌てふためいている。立隠れたと思った安達はなぜか穴の中から出てくるところだった。先刻までのは真っ赤な嘘で、家来によれば、女を馬に乗せたところ急に見失ったので、あっち、こっちと探している内に、大きな穴があったので、スキやクワで掘り崩したところ喜平次が出てきたという。それを盗人がきたと言って騒いでいると思い込んでしまったのだ。まんまと狐に化かされたのだった。

というものです。

これら二作を見ますと、中国の説話を思い出します。例えば、宋の李昉《リボウ》という人が九七八年に編んだ『太平広記』という書物を見ますと、四七五程の引用書目が見え、狐が多く扱われております。それによって、それ以前の中国においての狐譚に、中国人が関心の高かったことがわかりますが、その中に、前者と類似のものを見ることが出来ます。あるいは第六章の「集異記」の〝2　僧晏通の狐退治〟でみますように。

2　垣根草に見る狐

これは草官散人の作で五巻五冊から成るもので、例えば狐譚に関係のある「五之巻」で見ますならば、

松村兵庫古井の妖鏡を得たる事

千載の班狐一條太閤を試むる事

環人見春澄を檄して家を興さしむる事

の三話から成っています。

狐譚の第二話の梗概を次に記してみましょう。

応仁の乱後のまだ浅い頃、皆、身を潜めている中に一條太閤兼良がいた。兼良は自他共に認める大才で菅公にも勝ると自認する程であった。友もない軒にしのび住んでいた時、二十ばかりの青年が来て兼良に学識問答を請じ古今東西に及ぶも、兼良、青年に敵わずであった。

兼良思うに、青年でこれだけの広才は人のよくするところではない、きっと、妖狐の仕業であろうと。そこで剣と鏡を見せるが、驚く気配もない。隣家の翁にそっと聞くと、多賀の社に千年の杉があるとのことである。千年を経た狐（これを天狐という）を見破るのは千年を経た古木しかないので、客人を一間に置いて村の肝っ玉の太い者に古木を取りにやる。社の近くになると、翁が出てきて「古木を取りにきたのか」と尋ねるので、その通りだと答えると、翁がいうには「萱尾の千年を経た狐が太閤を試した

めに行くというので止めたが聞かずに行ってしまった。禍いが汝にかぎらず自分(=翁)にも及ぶといったが、その通りになった」といい終えると消え失せた。古木を取りその火で寝ている客人を見ると青年はあっと驚き老狐になった。逃げ出るところを村人が斧で一刀打殺した。無益に殺した狐を埋めたところを狐塚といい、兼良のいたところを「公《キミ》が畑《ハタ》」として今に語り伝えているとのことである。これを見ますと、第六章の『捜神記』の中の〝4　千年の狐〟と非常に似ていることに気がつきます。それはまるで翻案といい切れるほどのものです。

3　漫遊記に見る狐

羇旅の人である建部綾足《タケベアヤタリ》の旅中の見聞を記したものがこれです。五巻五冊のもので、例えば巻之四でみますならば、

浪華の富人孤の児を得る
人を頼みて飛び入りし鴈《カリ》

の二編から成るものです。

前者の「孤」は「狐」の意味で、その概要を記せば次の如きものです。

浪花の浦(現在の大阪府の位置)に大層の金持が居て、比良野の辺に多勢の仲間と行った折、小さい

檻の中の小狐をみて、その主人に譲ってもらいたいというに、犬に食い殺された母狐のあたかもたのむが如くの仕草で引き受けたものだから、譲れないと断られる。しかし、わが家の守り神として大切にするからと言うと、それならばとて譲り受ける。譲り受けて数日後、礼を持たせ家人をやるに昨日いずれかに引越しをしてその行先は不明という。一方、小狐は食もなくやせ細るのみだった。人からネズミの油揚げがよいといわれ、与えるがそれをも口にせずに臥しているだけだった。そうしたある夕暮れ二〇歳位の女が来て、先日小狐を譲り受けた折に関係のある者だといって案内を乞い、一間に通される。変だと思った主人が家来に格子に指穴をあけて覗かせると、家人がいうには耳が動いた、鼻が動いたなどという。家の老人の案で非礼をやめて主人が女に会うに、女は彼（小狐）のおばであるといって過去のことを語るに、主人が先日聞いたのと少しもたがわない。檻から小狐を出すと女の懐に飛び込み乳を吸うのだった。女がいうことには、この子（小狐）を助けてくれた人が苦しんでいるが、百両を自分に貸してくれるならその人の苦しみを救うことも出来、余れば返すという。小狐を譲り受けた返礼もしていないので承知して百両を与え、さらに小狐を丈夫にして返すというのでそれも承諾してカゴをつけて曽根崎の森の近くまでやった。ところが、右のことはそれきりになってしまい、よく聞いてみると、小狐を譲り渡した者達の仕組んだ芝居であった。

これをみますと、最後になるまで落《オチ》がわからず、狐の化けた女の奇異譚かと思ってしまうものですが、単純に狐を利用して百両もせしめた話です。

「怪談名作集」で狐をテーマにしたのは右の三作、四話であります。その他にも狐に関するものはありますが、題目に狐は見えません。例えば『伽婢子』の三之巻の「鬼谷に落て鬼となる」には「狐火」が、『繁野話』の二之巻の「紀の関守が霊弓一旦白鳥に化する話」には「白狐」が見えるといった具合にです。

さてこの様に怪談集における狐をみますと、幾つかの傾向を見ることが出来ます。それは、

第一に怪談としての妖異性や陰湿さはなく、民話的淡白さであることです。

第二に、中国説話の翻案的要素の強いことです。

第三に、怪談集よりは草双紙の方がむしろ凄みを感じることです。

これらはこの怪談集だけの現象ではなく、近世文学全体の流れに添う傾向であり、当時の社会現象の反映であると思われます。そうしたものがこの僅かな中に存在していますことは興味深いことです。

注

1　小池藤五郎「江戸時代の大衆小説　黒本・青本の作者・画工と出版書林」(『立正大学・文学部論叢・24』―昭和四一年三月)

2　水野稔「草双子とその読者」(『講座・日本文学』―三省堂)第八巻、所収

3　武藤誠編『日本文化史』(昭和三六年・創元社)

第五章　民話に見る狐

はじめに

この章では、現代の民話において狐譚としてどのようなものがあるのか、を通しながらそこに関わる問題を見ることにします。

民話に見る狐というと、二つのことが考えられます。その一つは、児童文学の世界に再構成、再話として息ぶいていることであり、その二は、採録を通して狐譚独特の世界を展開していることです。

例えば、第一話で見ます「狐の茶釜」は本来狸でありましょうし、それが本流でもありましょうが、狐と入れ代わっています。この場合、狸に代わって、他のどの動物でもよいというのではなく、狐にきまっています。なぜ狐でなければいけないのか、犬でも狼でもよさそうなものが…。このように考えてきますと、そこには狐譚特有の世界のあることに気がつきます。こうした意味で、狐譚を一〇話取り出して、それを見ながら、民話における狐譚をながめ、あわせて、民話一般の問題を取り上げてみようと思います。

第一話　狐の茶釜

あるじい様が庭を掃いていると豆粒を拾い、大切にしたところ、大きい幹となり豆が成った。それを狐が皆喰ってしまった。捕えて殺そうとすると、金儲けをさせるから命を助けてくれというので、その通りにした。狐は馬に化けた。じい様は町へ引いていき高い値で売ってくる。狐は逃げ帰って、今度は茶釜に化ける。今度はお寺にじい様はもって行く。しかし、茶釜が汚いので小僧が洗うと痛いと言い、和尚が洗いついでに火をかけると、とうとう化けきれずに逃げ出した。[1]

我々が茶釜といえば、文福茶釜の狸でありますが、それがここでは狐になっています。なおこの話は五所川原のもので、津軽半島の中央根付けの位置で、現在は市になっています。

ところで、狐と狸の入れ替えは他にも見ることが出来ます。次がそれです。

第二話　狐と山伏

山伏が村に物貰いに行っての帰り、山中で暗くなり、葬式の行列にで出逢う。その行列は山伏の上っている松の肝とでとまり、そこに棺を埋めて帰っていく。すると土が盛りかえって幽霊の手が山伏に迫ってくる。次第に木のてっぺんに追い詰められた山伏が窮余のあまり手にもつ法螺貝を吹くと、急に明るくなる。近所の畑仕事の百姓に、どうして変な格好を松の木の上でしている、と言われて狐に化かされていたのを知った。[2]

この民話は細かい点では相違が見られても、大筋においては、

①化かされているのは山伏。
②場所は山中。
③葬列に出会う。
④山伏は木に登る。
⑤幽霊が迫ってくる。
⑥山伏は木から落ちる。
⑦急に明るくなる。
⑧化かされたのに気付く。

ということになります。右の話で法螺貝で済んだのはむしろ珍しいことです。ほとんどが川かガケに落ちる形を取っています。なお右のは埼玉県のお話です。

ところが、これがやはり狸と入れ代わっているのが多々目につきます。例えば埼玉のとなり茨城県のものには、

　山伏が狸の寝ている傍で法螺貝を吹く。すると狸はびっくりしながら驚きガケをころころと落ちていく。数日後、驚かしたその場所で日中葬式に出遭い、山伏の足もとばかりを掘る。そのため足場を失って山伏はガケ下へ落ちて気を失う。生暖かいのを感じて気が付くと、狸がガケの上から小便をしているのが、かかっているのだった。[3]

というのがあります。

ここでは、先の狐が狸になっているだけで大筋は同じです。

ところで山伏と狐、又は逆にした狐と山伏というのは広い範囲に見られるもので東日本から西日本に至ってありますが、不思議といずれもが山伏であって、他の者が代わることはありません。仮にあったとしてもそれはごく少数であるといえましょう。してみると、なぜに山伏がこのような目に遭うのであろうかという疑問が生じます。

山伏といえば修験者です。一方、狐は魔性のものです。この両者の相剋がどうしてこのような形に仕上げられたものでしょうか。こうも各地において執拗に山伏を痛めつけることがあるのでしょうか。こういう疑問が生じてきます。これについてふと思い出されることは「高野聖に宿貸すな、娘とられて恥じかくな」というのにみられる、近世以降の山伏の堕落した姿です。

因みに右の文句は「高野聖に宿を貸してはならない。うっかり宿でも貸したりすると、娘に目をつけて、これも仏縁とばかり寝とられて、揚句の果ては妊娠でもさせられて恥をかくのがオチだから」という意味です。

こうした悪修験者が御仏の名で横暴を極めていたことに対する庶民のせめてもの怨み、辛みのはけ口がこういう形で定着したのではないか、と思うのです。

第三話　狐の女

狐の女、処によっては狐のあくび、というのがあります。これの梗概を記すと、

むかし、ある男が魚を取りに行き、河原で泊まっているときれいな女が来て、暖をとらせてくれと頼む。男は承知すると、女は突然火の傍へきて着物をめくって女陰を出した。が、よく見ると狐があくびをしているのだった。そこでその女をひっぱたいたらキャン〳〵いって逃げていった。狐が二匹重なっていたのであった。二匹のうちの下の狐が魚をいつまでたっても喰えないので、眠くなってあくびをしたのだった。[4]

というものです。これが岩手では「狸の女」として次の様になっています。

山中へ年寄りと若者二人が枕木取りに行き、そこで泊まった時のことである。年頃の女が小屋に来て泊めてくれという。承知すると火の傍に来て暖をとっていた。年寄りだけはこんな夜更けに女が一人で、といぶかしく思う。

女は寒い〳〵と言って一段と火に近づいて、その上、腰巻をまくり女陰を出して若者の気を引こうとした。変だと気がついた老人がよくみると、なにかが大きいあくびをしている。着物を着せるふりをして空の俵《タワラ》を女にかぶせて押しつけ、木でなぐりつけると苦しくなり、獣の声となって鳴いた。木やナタで叩き伏せてみると二匹の狸が首乗りに重なって、人間に化けていたのであった。[5]

この型は、

①山中又は河原に泊まる。
②年寄りと若者が火にあたっている。
③女が来る。
④火に近づく。
⑤女陰を出す。
⑥年寄りが見破る。
⑦木材等でたたき伏す。
⑧狐又は狸が首乗りをしているのであった。

という点で共通しています。

このように、狐と狸は民話ではしばしば入れ換えが行なわれています。ところが先にも触れましたように、これらが他の物と入れ代わることは皆無に等しいのです。

こうした狐と狸の入れ代わりはどうして起こるのでありましょうか。

これについては先に見ましたように、我が国での動物分布によるものと見るのが穏当ではなかろうかと思います。

狐にせよ狸であれ、それは我が国の大部分に分布して、その棲息範囲は広い。その上、これら二獣に代わるものは他に見当たりません。犬は家畜化され、人間社会の一員としてあります。狼は獰猛でなじみにくい上、人間の生活圏にそう入る代物ではありません。それに較べて狐狸は大きさがほぼ同じ位で、人間の生活圏にわりと入ってきたりします。こう考えてきますと、人間の回りに、これといって殊に危害を加えない成獣となると、狐や狸が当ります。このような点と、話の入れ替えをすることによって聞き方に注意を呼び覚ます、あるいは奇抜さを持つという二方面の作用が混有した中で用いられましたのが、こうした現象の背景ではなかろうか、と思うのです。

第四話　髪そり狐

人を化かして必ず坊主にするという狐がいた。

ある若者が、おれは騙されない、見届けてやる、といって出掛ける。向こうから狐がやってきて馬の小便のたまり場で、小便の泡を体になすりなすりする内にきれいな娘に化ける。その娘は村の方へ行き村一番の金持ちの家に入る。家では娘を下にもおかぬ歓迎ぶりである。見かねて若者は、その重箱は馬の糞だし、その娘は狐の化けたものだと言う。その内に若者は家の者に逆につかまり縛りあげられてしまう。家の大事な嫁っ子に傷付けやがって、と言われ今にも首を切り落とそうとした時に坊さんが来て、一部始終を聞いて、「死んだつもりで弟子になれ」と言われ髪をそる。半分程の時寒さのあまりくしゃみをして我にかえると畑のあぜにすわっていた。[6]

というものです。これは全国的に見られるもので、狐譚の代表的なものです。

ところで、何故狐は化けるのであろうか、ということですが、これについて興味あるデータと逸話がありますので、次に記してみます。

キツネの最高スピードは、時速72キロである。

キツネの疾走場面を撮影しようとした生態映画撮影家の川田潤氏は、キツネを放した瞬間、文字通り、「あっ」という間に、姿が見えなくなったという体験を書いている。この場合、昔の人だったら、まったくのところ、「ドロンと姿を消した——キツネは姿を消す術を知っている」としか考えられなかったであろう。[7]

雑誌性格上（『科学朝日』）、数字のあるのは珍しいが、七二キロといえば、

チーター　一一二キロ

カモシカ　九六キロ

競馬うま　七七キロ
と比較しても決して遅いものではなく、
シマウマ　六四キロ
人間　三六キロ
と見くらべますなら、およその見当がつくというものです。
こうした敏捷さが見る人の錯覚によって話題化され、化ける基礎の生ずることは首肯されましょう。
右の筆者である実吉氏はそのあと「電車ぎつね」として、むしろをくわえた狐を見ていた電車の運転手がそれに気を取られ〝ぼうっと〟して、ガチャン！という音ではっとした、という伝聞をあげています。それは、心の隙がそうさせたとしています。
こうした心の隙を狐に置きかえることは十分に考えられることですが、それには、狐は化かす、という知識を前提にしてはじめて成ることが必要でありましょう。
狐がなぜ化かすのか、それはやはり中国からの流れであるというのが穏当なところであろうかと思います。先にもふれました（第三章一〇六頁）ように、日本の事物の起源は中国という点と同時に次の事柄を加味することができましょう。それは、
一つは、第三章で見ました様に、日本よりも遥かに古い頃から中国の文献に化狐というのが見られることです。それは又、先に見てきました様に、我が国に強い影響を与えていることによって知ることが出来ます。

第二は、民話の中に、中国の古いのが今でも息ぶいていることがあげられます。例えば、中国の『玄怪録』というのがあります。あまり耳にしない作品ですが、牛僧孺（七七九―八四七）によって九世紀初葉に成立したもので、その名の如く、怪異譚集ともいうべきものですが、この中に、次のような話があります。

　宝応（七六二―七六四）の頃、元無有というものが、ある空き家に泊まった時のことである。夜中に四人の者が集まってきて、竹林の七賢の一人といわれる阮籍《ゲンセキ》でさえ及ぶまいと思う程、素晴らしい詩を吟じあっていたが、夜明けと共に帰っていった。無有が屋敷の中を探すと、古びた砧の棒と、ローソクの台、水桶、われ鍋が転がっているだけであった。先刻の四人はこれらの変化であったのか、とわかったのである。

これを見ますと、我々は我が国の各地にある同種のものを思い出します。

　夜更けに人の往来も絶えた街道で、毎晩、鼻が痛い〳〵という声がするので、若者たちが捕えることにしたが果さなかった。ある晩、若者が浜のそばの竹やぶで騒々しい声がするので停まって耳をそばだてた。次第ににぎやかになり俗謡をうたいはじめた。その内に、急にやんで、今晩はおかしい誰かが立ち聞きしているという声がする。恐ろしくなった若者は家に帰り、翌朝大勢でその場所に行くと、そこには、古蓑、古笠、古太鼓の胴、古下駄、古カゴ等があった。それらを集めて燃やすと、以後、妙な声は途絶えた。[8]

というもので、宮城県のお話です。中ではほとんど『玄怪録』のリコピーというべきもの等があり、これなどは一寸場所が変わっていて面白いので梗概を用いましたが、他は大部分、空き家でのことになっています。

　このように、中国の代表的な作品は勿論のこと、こういうあまり耳にしないものにも相互関係が窺えることを指摘しておきたいのです。他にも、ドクロを頭に乗せる話を第四章でみました（一三七頁以下）ことも一つの傍証といえましょう。

こうした中国での型が、永い間に亘り、我が国へ入って来たのが息ぶいているわけですが、そうした遡源に化け狐を見ることができるといえましょう。

第五話　がにわら爺と狐

がにわら爺さんが昔いた（塩谷村の星野治平氏によると、「ガニワラ」とは木村沢にあった「ガニワラ」という屋号の家をさすといいます）。貧乏な爺さんは他所では正月の準備をするのに、金がないので、すす払いをしたところ、ネズミを二〇匹も捕まえた。「そうだ、これをキツネにあげて金儲けをしよう」。そう思った爺さんはネズミの天ぷらを作り金倉山の狐にやろうとして出掛け、居もしないのに娘の名を呼ぶと娘に化けた狐が出てきて、腹がすいたろうといわれ、その天ぷらをあげると全部食い、家に行ってから又出すとこれも食ってしまう。爺さんは娘に庄屋のところで奉公してくれぬかというと、すると言う。そこで狐のその娘を連れて行き、正月も近付くこと故に一時金をもらい帰宅する。帰るとすぐに顔にスミをぬって病人の真似をして寝床についていた。一方、娘は狐に戻って逃げてしまう。頭にきた庄屋は若者を爺さんのところにやるが、三十日も寝ている身と知り、逆に身体をいたわる言葉を残して帰っていく。そこで庄屋は狐に化かされたことを知り、その金をあきらめた。[9]

これを見ますと、狐に化かされた、ということにして逆にこれを利用して庄屋から金をせしめるわけです。この話を聞くものにとっては、普段威張り散らし、ほしいままにしている庄屋が騙されるのを聞いて内心、爽快な気持ちになり、それがキッカケで話題も広がっていったことでありましょう。

ところが、こうした狐に化かされた、ということにして、当面の問題から逃れる方便にしていたことを忘れることが出来ません。というのは、右の話は新潟の小千谷から数里入った荷頃村のでありますが、その隣に塩谷《シュウダニ》村というのがあります。その村は著者と同じ、星野が圧倒的に多く、他に友野、関がある位ですが、そこの星野栄助氏にかつて著者が聞いたことに興味ある話があります。それは、昔、町に行ったり、祭りなどでバクチをやって、一文無しになったり、身ぐるみ剥がされたりした時、きまって、狐に化かされて、気がついたら、裸身だった、といって帰ってくることがあった、というのです。祭りになると狐もうまく化けるもので、ついチョッカイを出したばっかりに、といってクシャミの一つもすれば、それ以上問題にならなかったといいます。狐が化けることになっているので以前の者は随分助けられたもんだ、とのことです。

そういえば、『上州の史話と伝説』（全四巻）の第二巻に、倉賀野の賑わいに触れた中で、

娼婦（飯盛女）が客と戯れていたらしく、この飯盛女が時にキツネになり、ムジナに化けて、近村から出てきた農民のきんちゃくをたくし上げ、時には金がないと着ていた衣類まで剥ぎ取ったので、ふんどし一つで帰村したオヤジが「宮の原で狐に騙されてこの通りだよ」と報告していたのである。それが

まことしやかに伝えられて養法寺などに、悪ギツネが住んでいたと信じられるようになった。とふれていたのを思い出します。[10]

これらはいずれも、狐に化かされた、ということを都合のよい様に利用しているわけです。ここに人と狐の共存の姿を見ると共に、それが容認されていた昔の人の大らかさを思い起こすのです。

第六話　狐女房の話

昔、ある男が田で仕事をしていると、きれいな女が腹痛で苦しんでいるので、家に連れ帰って介抱してやる。それは実のところ狐であった。女はそのまま居て夫婦となり、子供が三人出来た。ところがある日、尻尾を出したのを隣家のおやじに見られ、鳴き鳴き山へ帰っていった。訳を知った夫は子を連れて山へ行く。すると女が出てきて乳を含ませるのであった。毎日そうして山へ行っていたので仕事にならぬので、戻るよう頼むが女は聞き入れない。その代わり、苗とスキを田に置いておけば手伝ってやるといい、事実、いつの間にかできており、実りもよく金持になった。[11]

これは福島県のものですが、この型は全国的に見られるものです。従って、形としては殊更珍しいものではありません。

しかし、この内容を見ます時、異類婚としてのこの形は注目すべきものといえましょう。それは、狐が他のものによって正体を現わすのではなく、自らの失敗によって正体を現わしていることであり、それは中国や朝鮮などには見られないものです。

中国を例にしますならば第六章で見ますように、道士によって正体をあばかれているわけで、その点、右の狐女房は日本的性格のものといえましょう。

日本的性格というと、日本の狐譚である、この化ける、という型と、憑く、という型の二つは、早く柳田國男が指摘[12]しましたように、大きな特色であるといえましょう。

狐譚の日本的性格というと右のほかに、人間が狐に化けるというのもあげられましょう。

これの方は、実際に狐に化けるのではなく、人間が狐に対して、「お前の尻尾がおれには見える」と言って、驚かして、揚句の果てに、狐の大切にしているものを巻き上げてしまう、というものです。一つ見ることにします。

狐と宝生の玉

天正年間（一五七三—一五九一）のある時、延命寺の和尚が風邪を引いたため小坊主を法事にやった。油揚げや天ぷらの入った御馳走をみやげに、すすきの原に来ると和尚が出迎えにきた。風邪で寝ているはずなのにこれはおかしいと思った小坊主が、やい狐、お前には騙されないぞ、ほら、尻尾が見える、等とカマをかけると、狐はびっくりして謝る。腹ペコだという狐に、狐の宝である宝生の玉と取り替えるならば、この御馳走をあげるというと、取り返す自信のある狐はそれに応ずる。取り替えるとスタコラ小坊主はもどり和尚にその旨話をする。後日、高僧がその宝玉を見に来ることになるので、小坊主は、野犬を五、六頭檻に入れているとお供を連れた高僧が来て、それを見ようとして案内されると、犬が一斉に飛び出し、僧は狐になって慌てふためいて逃げていった。[13]

あるいは、狐の化けるのを目撃した男が、「おれも狐だが、お前のは尻尾が見える。それにくらべ俺の人間に化けたところはうまいだろう」と言って狐を感心させて、退治するのは多く見られます。

これらは、結局のところ人の知恵が狡猾な狐をしのぐ、ということを庶民の生活の中で現わしたものであるといえましょう。

先程、日本的性格といいましたが、これには憑きもの、という観点で見ることもできましょう。即ち、民俗として、近世期に「憑き物」現象は一つの社会問題となり、現代にそれはなお波及していますが、これが民話となりとほとんど見ることができません。言うならば、民話の世界では憑きものは敬遠されて、化けることに専念しているのが狐譚の一つの特色といえることです。

第七話　才田のキツネ

才田のはずれの御亭山に親子連れの狐がいた。その山のふもとに狐を可愛がる老夫婦がいた。狐は爺さまの家に子連れで暖をとりに行ったりしていた。そうした狐と人の関係がさせたのか、その山の狐がなくと、必ず葬式があり、明現寺の和尚はその鳴き声によって、葬式の報せの者よりも早く知ることが出来た。[14]

これを見ますと、先に『日本霊異記』や中国の『捜神記』等に見たのと、同一発想であることに気がつきます。このことは、その民話の歴史を考える上において非常に大事なことであるといえましょう。というのは、民話をみますと、言うまでもなく多種多様の内容です。ところが、それの原型は、ということになりますと、ほとんどが近世または近・現代においてのものて、それ以前に見出すことは少ないことです。換言するならば、創作民話なのです。その意味において著者は上代や王朝期の作品を殊更、羅列気味に見てきたわけです。そうすることによって、現代の民話の源流を知ることができますし、それによって民族のことに民衆の精神を知ることが出来るわけです。

右に「創作民話」という言葉を用いましたが、これで注意することを一つ記しておくことにします。それは民話愛好者が多く、採集が盛んでありますが、民話は、採録さえすればよいというのではなく、民話の話し手として好ましくないものがいるということです。それは、採録経験者ならば誰でも知っていることですが、僧侶、教師、高学歴者など、あるいは中央都市あるいは都会経験者など、またはそこからの流入した人の話は避ける、ということです。殊に前者は書物により、あるいは自己の創作を部分的に導入、改変する場合があることです。また後者は、他地方の話が混入する危険があることです。従って、右の逆に出来るだけ近い人がより良いことになるといえるわけです。

第八話　狐女郎

昔、男が正月の準備のために町へ買い物に行っての帰り、ソリが重く感ずるので、見ると狐が鮭を取ろうとしているのだった。追い払うと又来て、という具合で再三あったのち、一本狐に投げ与えてやった。狐は後を見い見いどこかへ行ってしまった。女房にその旨話をすると、残念なことをしたが、狐のことなら仕方がないという。二、三ヶ月過ぎたある日、きれいな娘が来て、「私は鮭を貰った狐です。あの時は母（狐）が生きるか死ぬかの時だったので、なんとか鮭をと思っていたが、貰った鮭のおかげで母は元気になりました。そのお礼にきました」と言う。娘は、三年間女郎に売ってもらいたい、ついてはその時千両で売ってもらいたいと言う。そんな事は出来ないというと、狐である自分の気持ちをどうか受け取ってもらいたい、というので、女房と相談して、その娘を売り、千両の金を貰った。[15]

話そのものは俗にある「化け狐」のもので、殊更珍しいものではありません。が、ここには少なくとも三つの問題が含まれているといえましょう。その第一は、はかない庶民の願望が「千両」の形で出ていることです。庶民にとって、昔も今も金は変わらぬ願望の対象です。宝くじに夢を買うのもそうであれば、バクチも又同じです。そうした庶民にとって、鮭一本が千両になるのも又同じです。それも微々たる五両や十両ではなく、思い切り大きい、一生かけても作ることの出来ない千両をもってくるところに殊に感ずるのです。

民話を見ていますと、しばしばそうした見えない形で願望が託されていることに気がつきます。先の第五話「がにわら爺と狐」もそうでありましたし、第六話「狐女房」もそうでありましたように。

第二に、民話の性格が最も良く出ていることが指摘できましょう。

というのは、この話にせよ、狐譚を見るといずれも陰湿さがないことです。それにくらべて、伝説などにつながると陰湿というか陰性のものになってきます。各地に伝わる○○伝説の類を思い出しますならその点了解されるでしょう。

第三は、教訓性が含まれていることです。それはこの話に限らず、民話、昔話には必ず教訓性があるということで、この話で見るならば、畜生でさえ恩を受ければそれに身を以って応えるということがいえますし、狐（という畜生）でさえ親が病気となれば身の危険を顧みずに孝行しようとしている点があげられます。

正規の教育を受けられない庶民にとって、夜々に囲炉裏の端で、あるいは炬燵等での折々の話のなかで、いつしか人としての道である価値観を学んでいったのです。それは右で見るように、決して高邁な理論の展開ではなく、ごく身近なありふれた中での初歩のものであり、子供等にとって、それで十分であったわけです。

こうした民話の基本的な性格をこの中に見ます。

第九話　狐になって稲荷に祭られた男

伊勢の国（現在の三重県）の塩間の浦に海藻を売り歩いている男があった。ある時京に上った際に、伏見稲荷の前で老狐が鳥居をあちこち飛び跳ねているのに遭遇し、面白いので見ているとその狐が、お前もやってみよというので、狐に教えられるようにしてやってのち、家に戻った。ところが家人はびっくりする。見れば恐ろしい古狐であった。いくら頼んでも家には入れてもらえず、海辺近くに住んで魚などを食べていた。その後、村人にその狐の男がきまった住居を建ててくれというので、哀れに思った村人たちが建てたのが、今の塩間の稲荷である。[16]

この話は言うまでもなく、京の伏見稲荷との結び付きを意図したものです。稲荷といえば伏見、伏見といえば稲荷という両者の関係を地元の小さい稲荷に結び付けたわけで、こうした縁起譚は他にも見られます。地元の名もない様な稲荷がしばしばこのような形で見えますが、それは結びつけることによって、行ったことも見たこともない大社の霊験がそれによって転換されると見る庶民のささやかな願望の表れであるといえましょう。

ところで、狐といえば稲荷、そして油揚げというこの三者は切っても切れない関係にありますが、この点について一言しておきます。

稲荷は稲成りのつまったものであろうと一般には言われています。その稲成りの場所はといえば、言うまでもなく田圃です。田圃のある場所近くに丘や土盛りのあることがよくあります。狐はそうしたところに棲み、田に引いた水を求めたり、棲家の近くの田によく出たりします。

こうした動物は他にはあまりなく、自ずから、狐と田圃が結びつきます。それが収穫と結びつくところに狐と稲成り、即ち稲荷が成立することになります。

一方、狐と油揚げの関係はどうかと見ますに、第三章の「狂言」で見た「釣狐」に

わかねずみを油あげにしすまひておひたは、かかったが道理じゃ（若ねずみを油あげにして置いたので、かかったのはもっともなことよ）

という形で見えます。中世でのことです。野生の動物はいずれも肉食、ことに脂肉は好物であり、油揚げは、それをもっとも人工的に仕上げたものであり、狐でなくても喜ぶものです。ところが当時にあって油性のものは高価なものです。その高価なものが中国における霊狐観をはじめ、神聖なものと見られる狐の縁、殊に稲荷と結び付く性格のものであれば供え物になるのは至極自然な成り行きです。稲の神様である狐に高価なもの、好物のものを供えることによって、見返りとしての利益を願う。こうした中でこの三者が成立していくと見るのが一般的です。それは右に見ましたように中世（一一九二～一六〇〇年）にすでに見えるものです。

第一〇話　にせ本尊

昔、ある山寺に小僧が一人で留守をしていると、「ザック、ザック」という音がするので見てみると、狐があずきを盗んでいるところだった。追いかけると本堂に入り、お釈迦様に化けて、どれが本物か二体あって分からない。本物ならば、ニカッと笑うのだが、というと、一方のお釈迦様の像が笑ったので捕まえようとしたら、又逃げられてしまった。今度は油揚げを持ってきて、本物ならば鼻を曲げるはずだが、と独り言の如くに言ったら、曲げたので尻尾を捕まえてしまった。縛り上げて翌日和尚が戻ったのち、刀で耳と鼻をスポッと切って命だけは助けて放してやった。巣へ戻ってから、痛いのでうなっていたら、仲間の狐に笑われた。[17]

これは山形県のでありますが、これを見ますと、類話が多く込み入っていることに気がつきます。一体に調べて行くと、東北地方の民話は概して西国方面に比べて複雑なのが多いことに気がつきます。

村人を困らす狐がいた。ある若い者が出かけて村外れまで来ると若い女子《オナゴ》がやってきた。そこで、おれは狸だが、お前はそれしか化けられないのか、と言う。この袋に入ればいくらでも化け方がわかるというとその中に入った。そこで袋を結び、皆のところへ持って行き、袋から出すと、あっという間に本尊に化けてしまった。本物ならば、こっくりするといわれ、その通りにしたのでばれて捕まり、詫びを入れて許してもらった。[18]

兵庫県のものですが、これと対比すると、前者のほうがくどいことに気がつきます。即ち後者は一度で化けの皮がはがれて終えますのに、前者は二度にわたり、その上、耳・鼻を切られて狐仲間に笑われるといった具合にです。

このように、東日本、殊に東北地方のと西日本方面とを対比しますに、前者の方が込み入っています。悪く言えばくどい傾向にあります。この理由は地形と気象の二面から帰結されるのではないかと思われます。即ち、一つは東日本は西日本に比べて山地多く平野が少なく、西日本はその逆の地形にあるといわれています。このことは、閉鎖性と開放性という対比を伴って人心に影響を及ぼすことであり、第二に、気象の面から見て西日本は台風の影響が強く、東日本は西日本に比べて少ないといいます。こうした気象現象は一方には破壊と創造をもたらし、他方は保守と伝統を旨とする方向に向けるといいます。又、冬期における雪と低気温は自ずから外界を遮断するのに対して他方はそれ程でもありません。

このようないくつかの点から見て、同類の民話でありながら地域性と相俟って相違を生むようになってきます。

こうした点から、東西日本における民話の地域性を考究するのもおもしろい問題の一つです。

1 川合勇太郎編著『津軽むがしこ集』（昭和48年7月・津軽書房刊の復刻版によった）四二〜四三頁。

2 武田明編著『日本の化かし話百選　狐・狸・河童』（昭和48年12月・三省堂）一一九〜一二〇頁。

3 日向野徳久編著『日本の民話』第二七巻（未来社刊・ほるぷ版、昭和54年1月刊）一四四から一四六頁。

4 「民話の手帳」（第二号・昭和53年10月・民話の研究会編・蒼海出版）一〇九頁。

5 注2と同じ。七五〜七七頁。

6 注2に同じ。一三〇〜一三四頁。

7 「民話に躍る動物たち①キツネ」（『科学朝日』34巻1号―執筆は実吉達郎氏）六八〜六九頁。

8 山田野理夫著『東北怪談の旅』（昭和49年9月・自由国民社）一六四〜一六五頁。

9 浜口一夫他編『越後・佐渡篇』（『日本の民話』第一一号。昭和49年12月・ほるぷ）一二〇〜一二四頁。

10 『上州の史話と伝説・その二』（昭和49年8月・上毛新聞社）七七頁。

11 注2に同じ。但し一一三から一一五頁。

12 柳田国男『おとら狐の話』（大正9年2月刊）

13 成沢昭著『庄内のむかしばなし。寝太郎物語』（昭和50年4月・東北出版企画）四一〜四七頁。

14 石川県児童文化協会編『千石の豆の木』（「加賀・能登の民話と伝説・2」昭和46年4月・北国出版社）一四四〜一四九頁。

15 注9と同じ。二六六から二六七頁。

16　注2と同じ。二二一～二二三頁。
17　注2と同じ。一〇〇～一〇三頁。
18　稲垣浩二・和子共著『日本昔話百選』（昭和46年4月・三省堂）二九七～二九九頁。

第六章　中国古典に見る狐

はじめに

前節（五章）までに見ましたように、我が国における狐は人に憑いたり化かしたりして、大活躍しています。

一方、「このような変貌自在な狐の形象はおそらく地球上のどの民族にも存在しないだろう」といわれています。その上、「ヨーロッパの狐は化けもしなければ化かしもしない」[1]とも言われます。

では、こうした変幻自在な狐の姿は、我が国独自に開花したところの民族心理なのであろうか、ということになってきます。すると、どうしても思い起こすものに、我が国に強い影響力を持つ中国の存在があります。

漢籍の上代人や王朝人に与えた影響は計り知れません。そうした影響の一つとして狐譚を見ることができるかどうかということがあります。そのためには漢籍を見ていくことですが、著者は中国文学については専門外であって深いことはわかりません。従って、ごく一般的な書物を通した中での狐譚について見てゆくしかありません。そうした中でどの様な関係に立つのかを見ることが多少なりとも出来れば、この稿の目的は達成されるということになります。

一　捜神記に見る狐

先ず、晋代（二六五〜四二〇年）になった干宝の「捜神記」（三二〇年頃成立）から見ることにします。

1　狐が鳴いた時

これは第一章の「日本霊異記に見る狐」の項でとりあげたものです。
この話は「捜神記」では巻三の中程に見えています。[2]

2　馬が狐に化ければ

周の宣王の三三（前七九四）年に幽王が生まれたが、この年、馬が狐に変わるという異変があった。

というもので、巻六の四番目に見えるものです。

3　白狐のたたり

漢の広川王は墓を掘り返すのが好きで、ある時、公族の墓を掘り返したところ、墓は腐っていたが白狐が一匹居て逃げ出した。従者は捕らえ損なったが、戟で左足を傷つけておいた。その夜、王の夢に白髪の男が現れ、どうして左足を傷つけたといって、杖で王の左足を叩いた。夢から覚めたのち、そこが腫れて痛み、死ぬまで治らなかった。

巻一五の最後にあります。

4　千年の狐

燕の恵王の墓の前に狐が居た。千年を経たその狐は、博学多才の晋の司空の張華に会見を申し込むために出掛けた。それを見て、鳥居の神の華表が止めようとしたが聞かずに狐は出掛けて会見したが、張華にあまりの出来ばえに逆に不審をもたれてしまう。知人の雷孔章に相談するに、その若者が狐ならば、鳥居のところの木を火にかけてみるとよい、というので、従者に若者を監視させた上で木を伐りにやらせる途中、召使風の子供が空からおりて従者にどこへ行くのかと聞くので、そのわけを話すと、「ワシにまで災難がふりかかり逃れることが出来ない」といって消える。木を伐ると血が流れ出した。やがてその木で書生を見たら狐であったので、張華は捕まえ、煮殺してしまった。

これは巻一八の第九話にありますもので、この巻には他に四話、狐に関したものがあります。なお、「第四章　近世文学に見る狐」の「2垣根草に見る狐」にも同話を取り上げておきました。

5　消えた下男

後漢の建安年間のこと、霊孝という兵士が二度にわたって逃亡した。そこで、妻を捕らえ、話を聞いた上司の陳羨は妖怪の仕業と思う。やがて部下と猟犬を連れて探しに行く。すると墓穴の中にいる孝を見つけ保護するが「阿紫よ」と泣くばかりであった。ようやく正気に戻ったので聞いてみると「阿紫というきれいな女が来ては自分を呼び寄せるので、つい付いて行きその女を妻にして生活をしていた」という。

第一三話にあります。

6　大胆な男

ある旅館には泊まると必ず災難が生ずるという。大賢という男が泊まると夜中に恐ろしげな化物が出た。しかし、大賢は相手にしない。すると、死人の首を町から持ってきて部屋の中に投げ入れた。ところが、大賢はそれを枕にしてしまった。化物は今度は相撲をしようという。そこで相撲を取って相手の腰を抱きしめると化物は「人殺し」といって苦しんだ。翌日みると、年を経た狐が絞め殺されていた。

7　頭と足をとりちがえた化け物

到伯夷という男が旅の折、ある旅館に泊まることにするが、部下は怖がり逃げようとする。その旅館は化け物が出るとのことである。夜になって伯夷は両足に頭巾と冠をつけ、剣を抜き、帯をほどいて真っ暗い中に居た。すると、化け物が出てきて頭巾と冠の方に襲いかかったので、切りつけた。灯を持ってこさせると、ほとんど毛のない禿げた狐であった。そこで狐を担ぎ下ろして焼き殺した。翌朝、旅館の屋根を調べると狐に食われた百人以上の髻《みずら》（髪を頭上で束ねるもの）がみつかった。

8　狐博士

白髪で胡博士とよばれる書生が居て、弟子に学問を教えていた。ところが、ある日、突然居なくなってしまった。

それから、暫くして九月九日の重陽の節句に士人達が山に登ると、どこからか本を講義している声が聞えた。ある下男に命じ探させると、墓穴からであることが分かった。そこを覗くと狐が多く並んでいた。狐たちは人影があることに気付くと、皆逃げ出した。ただ、その中で老狐だけは逃げなかった。それはかの書生であった。

この巻の第一四話〜第一六話のものです。

これらの他に、『捜神記』で知られるものには、伯裘狐譚があります。

9　伯裘狐

陳斐という太守が任地の酒泉郡に行く前に、占師にみてもらった。というのは、そこに行った太守は久しくすると皆死んでしまうからであった。占師は陳斐に「侯達を遠ざけ、伯裘を放免すればよい」という。任地に着くと張侯や王侯などといった「侯」のつく者達がいたので、そのことかと思い遠ざけたが、伯裘のことは意味が分からなかった。その夜、床につくと襲い掛かるものがいたので取り押さえ、灯で見ると年を経た狐で伯裘と名乗る。このことかと合点がいき放免する。狐は助けられた礼に危機の折には名を呼んでくれれば、お救いすると約束した。その後、何か事が生ずる直前には伯裘が報せてくれたりしたのだった。ある日、侯達が陳斐を打ち殺そうとして襲い掛かってきた。伯裘の名を呼び助けを求めると、どこからともなくあい布を引き摺った化物が現れ侯達を捕らえてくれた。侯達の悪事を見破ることの出来なかったことを詫びて、「もはや天に昇らなければならないので、再びお目にかかれることはないだろう」と言って姿を消してしまった。その後は、二度と姿を見せることはなかったという。

二　広異記に見る狐

次に『広異記』を見ることにします。

この書は諸書引合にみますように、中唐の詩人顧況が著した『戴氏広異記序』というのによって、成立が八世紀であることを知ります。作者の戴孚は八世紀の後半に生きた人であろうと言われ、七五七年に進士に及第したことが知られています。内容は二一巻より構成されている伝奇集です。

1　天狐

ある知事が急に出家したいといい、一月程経文を誦えていると天空に菩薩が現れ、知事の行状を讃えて飛び去った。感激した知事は部屋にこもって専念するが息子が心配し道士に相談をする。道士にいわれた通りにすると知事は元に戻る。それから数年知事が郷里で過ごしていると身分ありげな人が来て「縁談を実行してもらいたい」というので、知事は当時一〇歳で今一六歳の娘はいるが、そんな約束の覚えはないと断ると、その者は井戸水と便所の汚水を呪文であふれさせてついに知事に承知させる。また、息子が先の道士に頼み込む。とにかくやってみることにして、娘の嫁ぎ先の郷里へ赴き、身分ありげなその者とわたり合うこと数十回の後ようやく捕らえて見ると年を経た狐であった。それを都に連れて行き天子に見せた後、天狐なので殺すことはいけないといって東方の血土、新羅の国へ渡すとの書きつけをつけて放すと、飛び去っていったという。

2　狐の珠

衆愛という子が夜中に道の真ん中に網を張っては狐やイノシシを捕らえていた。ある夜も網をかけていると、先方に人影がうかがえた。見ると女である。そして、その女は一匹のネズミを見つけると捕まえて食べ始めた。衆愛はその女を怒鳴りつけると網にかかってしまった。さらに、棒で叩き殺そうとしたが相変わらず姿は人間のままであった。仕方がなくその女を池に投げ入れて家に戻った。

翌朝、気になったので池に行って見ると、生き返った女がいた。そこで、斧で腰を切りつけると年を経た狐になった。その狐を担いで村に行くと、老僧に助けてやれといわれる。その際、狐の口には世の全ての人から可愛がられる珠があるので、それを手に入れたらよいと教わる。口の狭いビンに焼き肉を入れて狐の食欲をそそると、ついにガマンできず珠を吐き出して死んでしまった。碁石のような形の石を衆愛の母は身に着けた。すると、夫から非常に大切にされるようになったという。

3　参軍と蕭公

李参軍という者が都に上る折、旅宿で同宿の老人に、蕭公という者の娘が器量よしということを聞く。そこで老人の仲介で公に会う。そして娘とその日の内に式を挙げた。参軍は翌日、都に妻とともに上った。それから、二年の月日が流れた。ある時、参軍が洛陽に出張した。洛陽の侍婢達は色気で往来の男を誘惑するのだった。

ある日、王顒という男が犬を連れて猟に出掛けた。李家の前を通ると侍婢達が一斉に犬を恐れた。狐に間違いなしと王顒は思い強引に犬とともに家の中へ入り込む。犬が噛み殺した侍婢達をみると皆、狐であった。顒は事の次第を都督に報告する。都督が行って見ると多くの狐が死んでいた。それから十数日して公が都に到着した。公は狐を殺したとの訴えで顒を入牢させた。だが、顒は洛陽に狐を噛む事のできる犬を買いに行っていると都督に言うと、都督は公金を足して協力をし、やがて犬を役所に連れてきた。その日に限って、公の挙動は落ちつかず、やがて役所に飛び込んできた犬に噛まれて殺された。見ると、公は年老いた狐であった。

4　人間の子供を生んだ狐

ナンという者が任地に行く折、顔見知りの妻君・鄭氏が美人だったため買い取って連れて行った。三年たち、ナンが郷里の近くに来た時、鄭氏の故郷ということもあり、そこで盛大な酒宴を連日催した。やがて、出発の人なる。その時、鄭氏は疾風の如く走りだした。ナンと従僕が追いかけると穴の中に入ってしまった。穴をふさいで、翌日掘ってみると牝狐が死んでおり、そばに赤ん坊がいた。ナンは赤ん坊を友人に預け、蕭氏という女性と結婚したものの、二言目には「野狐のお婿さん」といってナンのことを蕭氏はからかうのだった。

ある夜更けに家の外で人の声が聞えるので、質すと、鄭氏の亡霊が出て「奥様はどうして私のことを罵るのか」と言って、蕭氏のからかいをなじるのであった。更に何故他人の家に子供を預けたのか、狐が生んだ子と言って皆にからかわれ、ひもじい思いをしている。あの子を引き取ってくれないと安心してあの世に旅立つことも出来ない。自分の頼みを聞いてくれなければ取りついて祟るぞと言い残して消えてしまった。そして、鄭氏の言ったことは皆に聞き入れられたのだった。

5　押し掛け婿の狐

呉南鶴と名告る男がある日、楊伯成のもとに尋ね来て、談論の後、娘を嫁に貰いたいという。初対面の者であり、第三者を通さないこの申し出を断ると、南鶴は怒り暴れ、娘の部屋に入り婿に収まってしまった。これは多分に狐と思い、召使に道士に頼むよう言付けをしたがその道士の力でもさっぱり駄目で、なす術がなかった。仕方がなく、一家をあげて郷里に戻り暮らすことにした。そしてある日のこと、一人の道士が現われ水を所望した。水と食事を振舞った後、その道士は何事の心配があるのかと問うてきた。伯成はありのままのことを言うと、道士は笑い出す。というのは、その道士こそ、天帝の使いでそうした悪狐を捕まえに遣わされた者であったのだ。道士の書いた文字を見て、南鶴は這いつくばって狐の姿になって面前に伏した。今までのバツで小枝百叩きを受けた後、老道士に追い立てられながら静かに天界へと戻っていった。

6　後添えの申し込みをした狐

王黯という男が刺史（地方の長官）の父の伴で任地に行く折、川を渡ることになった。すると、突然気が狂ったようになり、暴れだした。仕方がなく縛り付けて渡川した。都に着いた後、父の崔《サイ》士同は息子の病気を狐の仕業と思い、狐を射殺する術を知っている男を屋敷に招いた。男は黠を建物の西北隅に連れ下男達の監視のもとで、部屋の外で弓矢を構えて待機することにした。三日たち、やがて四日目の朝、男は狐を射殺したと言う。男の言に従って血の跡を辿り見ると坑《アナ》の中で雌狐が死んでいた。黠の妻はこの狐を焼いてその粉を夫に飲ませると病気は治ってしまった。

それから久しくして、下男下女風に化けた二匹の狐が現われ、お嬢さん（死んだ狐のこと）は罪もないのに崔家の人に殺された。両親はそのことをしきりに口にしている。ついては、妹を姉（死んだ雌狐）の後釜にしたいがどうかと、言ってきた。黠はうまく取り計らいながら厄払いをした。すると下男は黠の妻を罵り消えてしまった。

7　兄の邪魔をした弟狐

ある娘に狐が憑こうとした。数ヶ月過ぎて今度は別の声の狐が憑こうとしたので、家人が「別の狐だろうか」と問うと、その狐はよく見抜いたと感心し、自分の縁談をふいにした兄狐に仕返しをしようと思って今日は来たという。その狐は、兄狐を退治する方法を家人に教えた。すると、二度までうまくいく。そして三度目には兄狐だけではなく自分（弟狐）をも含めた狐憑きにならない方術を教える。

それを実行したところ二度と狐憑きは生じなかった。

8　両親の仇討を企てた狐

謝混之は苛政の持主でその名は他地方にまで響いていた。ある時、大がかりな狩猟をした。その年の冬、二人の男が御史台（これは官吏の不正を糾弾する役所）に来て混之の狼藉と財物の私物化を訴えた。訴えにより取り調べるため訴人の男二人を鎖でつなぎ、混之をも牢につなぐことにした。張暁という取調官を待ち受けるため、村長の一人が寺の前を通ると願掛けの言葉が聞えてきた。ついで男が二人出てきた。ところが、村長を見るなり男二人は慌てて寺の中に飛び込んでしまった。そして便所のところで姿が見えなくなった。その事を混之に伝えると、狐や狼を多く殺しているのでそんなこともあろうという。

やがて告訴人二人を村人に面通しさせると、誰も知らないという。物識りの一人が猟犬を連れてくると良いというので、連れてくると二人は狐の姿になって屋根に飛び上がって見えなくなってしまった。

三　集異記に見る狐

『集異記』は唐の薛用弱の撰によるもので、別名『古異記』ともいわれます。撰者の薛用弱は九世紀の中葉、八二一年から八六〇年にわたって在世していたことが知られています。

本書の記事で最も遅く明らかなものは八四八年[4]のものと言われます。

次に本書中の狐譚に関したものを見ることにします。

1　人妻を誘惑した狐たち

徐安の妻は美人で人の知るところであった。ところが、安が海州に旅行中に、その妻は立派な青年に遇い、往き来するようになった。このため安が旅から戻ってきても態度がぎこちなく、安に怪しまれることになる。安が妻を見ていると、夜中にどこかへ出て行き、明け方に戻ってくる。別の日はカゴに乗って出て又明け方に戻ってくるのだった。

そこで、安は妻を別の部屋に閉じ込め、女装してカゴに乗ることにした。夜の十時頃になると、そのカゴは窓から空を飛び山中に辿り着く。すると、そこには三人の青年が酒肴を並べて待っていた。安は短剣で三人をその場で殺した。それからカゴに乗ったが今度は飛ばなかったので、明け方を待って三人を見てみるといずれも年を経た狐であった。その後は、妻は平常になった。[5]

2　僧晏通の狐退治

托鉢修行をしていると、晏通は草むらや墓の辺りで寝泊りをするのが常であった。ある夜、道端に積み重ねられたドクロの傍で寝ていると狐が来て、木の陰で僧がいるのに気付かずにドクロを頭に乗せて揺り動かしたりしている。その内、気に入った一つを頭に乗せて、木の葉や草花を採って身につけるとそれは着物に変わり、なまめかしい女の姿となった。丁度そこへ軍人が馬で来たので、女は泣き始めて故郷に帰りたいのだがその手立てもない、助けてくれるならば身体をささげ侍婢となるという。その言葉に軍人は喜んで馬に乗せようとしたので僧が飛び出し、それは狐であるといって錫杖で狐の頭を殴るとドクロがおちて狐の姿となって草むらに逃げ入ってしまった。

四　戦国策に見る狐

さてここで一転、紀元前に成った劉向《リュウキョウ》編の『戦国策』を見てみましょう。

この書は確とした成立年代は未詳であって、編纂・校定した劉向が諸書によれば前七七年から前六年にわたって生存していましたので、それ以前に成ったものであるといわれています。

全一〇巻からなり、登場国数一二国、全四八六章から構成されています。[6]

内容は戦国時代（前四〇三～前二二一）の諸策士が戦国動乱の策謀を説いたものであります。譬喩を用い具体的に記してありますので、我が国においても親しまれているものの一つです。

本書を見ますに狐は幾つか扱われております。それらを順に見ることにします。

まず第一は巻の第三上の昭襄に見えますもので、

頃襄王二十年のこと、秦の白起《ハクキ》が攻めてきて、さらに又楚を侵攻しようとした。その折、楚に黄歇という弁舌の立つのがいたので、楚王頃襄は彼を秦に使節として遣わした。黄歇が秦の昭襄王に説いていうには、侵攻の心を取り除いて、仁義の戒を培った方が真の王たる者であるし、武力や人海戦をもって力ずくでやっても、初めはたやすくあっても後（終り）が難しくなるものだという。その例えの中に「狐、その尾をぬらす」という『易経』の諺を用いた。

というものです。ここにおいて「狐その尾をぬらす」とは、狐が川を渡る時、初めのうちは尾をぬらすまいと用心しているが、ほとんど渡り終えようとする時、尾をぬらして渡ることが出来なかった、という『易経』の未済彖篇にあるもので、それが用いられているわけです。

ついで同書のすぐあとに「鬼神狐祥」という形で狐が出てきます。それは、黄歇が楚の攻めることとの誤りの例えの中で、戦後のために父子老弱はとらわれつながれ、鬼神（死者の霊魂）は祀るものもなく、そこいらに徘徊している状態である、という中で見えるもので、狐祥は鬼神のありさま（「そこいらに徘徊している」）の意味で用いています。従って、「狐」そのものは訳出されていません。最も別の書物には狐は狐になっていて、それの方が筋の通るものであるといえましょう。

第二は高校の教科書にも見え、日本の諺として現在でも用いられていますし、先の『今昔物語集』の「天竺の部」の巻七―第二一話にも見たもので「虎の威を借りる狐」というもので、巻五の宣王に見えます。概要は次のようなものです。

楚の宣王は群臣に「楚以外の北の六国では私ではなく昭奚恤を恐れていると聞くが実際のところはどうなのか」と問うた。しかし、即座には誰も答える者がいなかった。すると、魏人の江乙が答えていうには「虎はあらゆる獣を食わんがために獲物を求めております。ある時、虎は狐を捕まえました。狐は「お前は決して私を食べてはいけない。なんとなれば天帝が百獣の王として私をおかれた。従って、もし私を食べるならば、それは天帝の命令に逆らうことになる。もし私の言うことが偽りだと思うならば、私が足になって歩いてみよう。お前さんは私の後からついてくると、ありとあらゆる獣が私を見て走り去らないものがあろうか。いずれもが逃げてしまうから、見てみるがよい」と言いました。そこで虎はその通りにしてついてゆくと、獣がこれ（狐と虎）をみて走り出す。虎は獣が自分（虎）を見て恐れて逃げ走るとを知らず、狐を見て恐れ逃げているものと思ったのです。（ところで）今、王様の土地は五千里四方、軍勢百万、これをすべて昭奚恤にまかせておられる。であるから、北の方が昭奚恤を恐れるのは、実は王様の軍勢を恐れていることで、それは丁度、百獣が虎を恐れているのに等しいことなのです」と述べたという。

ここにおける狐は奸智に長けたものとして、中国を始め狐譚に見えるずるがしこさがすでにこの時代に用いられていたことは興味深いことであり、そこに洋の東西を問わぬ共通性を見ることの出来る点はおもしろいと思います。

第三は巻四の下の閔王に見えますもので、概要は次の如きものです。

　孟嘗君のところに食客がいて気にくわないので追い出そうとした時、魯連が孟嘗君に言うには「猿も木の上でなく、水の中では魚やスッポン等にはかなわない。千里を走る名馬といえども、峻険なところを通過するには狐狸には及ばない。魯の勇士である曹沫が三尺の剣を持てば一軍といえども適わないが、曹沫がその剣を捨て、スキやクワを手にとって農夫と田圃を共にしたならば、農夫には適わない。このように、相手の長所を見ず、短所だけを見れば、その結果、棄てられたものが仇を返すことにでもなれば、（とんでもないことが）世間の手本になってしまうのではないか」と言ったので、孟嘗君はその意見に従った。

ここにで狐がは「たとえ」で用いられている点と、狸と熟語の形で用いられている点に気がつきます。

第四は巻六の下の恵文王（下）に見えますもので、

　秦が趙の藺離《リンリ》、石祁《セキキ》を攻め落とし、そのため趙は公子部を人質として秦に送り、焦黎、牛狐の城を渡すから藺離、石祁と取り替えて欲しい、と秦に申し込んだ。

というもので、諸書いずれも、焦黎、牛狐を未詳としております。ここでは地名としましたが、確かに理解しにくい用法です。

　ところで、これらを通覧しますと、未詳のものを除くと、いずれも比喩、譬えに使われていることに気がつきます。これは、多分に、『戦国策』という書物の性質上からのものであろうと思われます。

ここで、『戦国策』という一時代の一書物という限定したものではあれ、そこにおける動物について少し見てみることにします。

『戦国策』には多くの動物が見えます。その内でも、頻度から見ますと、最も多いのが虎で、次が馬です。また、動物名を用いた部首で一番は馬で、断然他を抜きます。次に「汗馬」「駿馬」等「馬」のついた熟語を調べてみますと一番が馬で、次が虎です。これらを今、数字で見ますならば、およそ次の如きです。

馬　二六
虎　九
牛　七
鹿兎　六
狼犬　四
犀狐　三

となり、以下

羊、象、狗、鼠、猿が各二
狸、貂、蛇、龍、豹が各一

となります。

これに対して、「鳥類」をみますと、国名と結んだ燕が圧倒的に多いのを除くと、

鴈、鶏、各四

烏、鴻、鵠、鷙、雁が各二

鵲、鳳、雀、梟、鳧、鷹、鷂、雉、鴟が各一回

です。

次に「魚類」を見ますに、いずれも一回だけで、

鯉、鮑、鱒、鯷、鱔、鮒

などがあります。

これらはいずれも普通名詞としての熟語数を見たものです。これらが人名や部首としての使われ方を見ますと、右とは多少異なった傾向にあることだけを一言付しておきます。

さて、このように見てきますと、この書での動物についての一つの傾向が中国的であることに気が付きます。馬が一番多いのをはじめ、虎が多く扱われている点などがそれです。こうした点にこの書の中国的性格の一端を感ずると同時に、中国人をして身近なものとして説得力をもったものであったことが分かります。

○

さて、この様に古い中国の狐話をみますと、いくつか気の付くことがあります。それは第一に、日本の狐譚に強い影響力を与えたものといえることで、『捜神記』の第一話をはじめ『広異記』の第四話の発想が指

摘できましょう。

第二に、日本の狐はいずれも美女に化けます。言い換えるならば、女でありますが、これに対して中国の狐は男性、ことに学僧等に多く化けることです。

第三に、日本の狐譚は艶話の要素が濃いが、中国のは少ない。ということで、これは前の第二との関係によるものでありましょう。

第四に、『戦国策』でことに顕著なように、比喩、譬え、として早く狐譚が用いられましたが、日本では狐がその意味で使われますのは、中世末期から近世以降であって、その開きが大きいことです（無論、部分的にはそれ以前にもあります。先に挙げた「風土記に見る狐」の項がその例でありますように）。

第五に、中国では道術師との関係が強く、狐は術に破れる型をとるものが多いが、日本のは道術師との関係は見えず、狐がうっかり正体を出して、破滅につながることです。

第六に、狐が憑きものとして日本的性質を持つに対し、中国ではそれが見えないといってよい程少ないことです（ないということではありません。『広異記』の第四話がその類に入るというようにあることはありますので）。

細かに見ていけば他にも幾つか指摘出来ましょう。

中国の文化、ことに文学が日本に入ってきますには早くて数十年、大体、半世紀だといわれています。従って、第一章、第二章の時代に影響が見えたものとなれば、中国のそれは半世紀以上離れていることが穏当なところであります。そういう意味で、とりあげたのが先の諸書です。

なお、中国の動物譚を記したものに沢田瑞穂氏の『中国動物譚』（昭和53年9月・至文堂）があります。これは「蛇残奇事」「狐と猫の変幻について」等全部で二十項目より成り、この方面に限らず、古代中国文学を知る上からも有益であり、是非お奨めしたいものの一つであります。

注

1　望月新八「民話の日本的性格」（「文学」二六巻八号所収）

2　以下、第九話までは前野直彬編訳「唐代伝記集・2」（東洋文庫16　昭和三九年四月・平凡社刊）並びに後藤基巳編訳「中国怪奇全集・三巻―妖怪の巻―」（昭和四九年六月・角川書店刊）に拠りました。この二著は平易に書かれ、前者は語彙の解説も文中に挿入されていて至便です。後者は内容を分類して取り上げていますので、その面からみて面白いものです。殊に原典が明記されているので都合がよいものです。

3　以下、第八話まで注2と同じ。

4　注2の前者（前野氏編著）による。

5　以下はじめの二話は注2の後者（後藤氏編著による）。

6　塚本哲三編『戦国策』（大正八年七月・有朋堂刊）解題五頁。

第七章　周辺国に見る狐話

はじめに

我々は前章までにおいて、狐が文学、取り分け古典文学とどのうように関わってきたものかについて概観してみました。

このように見てきますと、それではこうした我が国民と狐の関わり方が周辺の国、殊に戦前までは我が国の領土として往来があり、親しまれている樺太―即ち千島列島―ではどうであろうか、隣接する中国・朝鮮等では、ということになってきます。

これらの国や地域等の民俗研究は最近とみに盛んで、勝《スグ》れたものが報告されているとのことです。残念なことに稿者にはこれらに対する語学力がありません。その上、民俗学や民族学等の専門家でもありませんので、詳しい折々の論述文を適時入手することも困難です。やむなく、少々古いが刊行されたものに頼らざるを得ません。その点を先ず以って、御承知おき願いたいと思います。

一　北方民族にみる狐・ロシア

北方民族には千島・樺太をはじめロシアの極東部等に住む様ざまな人々がおります。ここでは取り分け日本に近い地域についてみることにします。

1　狐と鮑《アワビ》

狐が浜であわびを食べようとすると、鮑が「競走してからにしてくれ」といいます。競走すると、あわびは狐の背にぴったりと付き、狐が止まって振り向く間に狐の先に落ちて、「待っていた」といいます。又、競走すると、今度は尾に付いて、やはり先に落ちます。その結果、狐はあわびを食べないといって、安心したところを食べてしまいます。[1]

この話は、人間社会の騙し合い、強者が弱者を喰いものにする、永遠の人間世界がテーマ化されているかのようです。

2　狐と海豹《アザラシ》

狐が氷の上に落ちているアザラシの肉を拾い食いをしている間に、氷が流出して沖の島に着いてしまいます。狐が泣いて途方にくれていると、アザラシがやってきて心配してわけを聞きます。狐は泣いているのではなく、歌を唄っていたのだといいます。その内に、多勢のアザラシが集まってきたので、どの位の数がいるのかといって、向こうの陸まで並ばせて数えてみるといいます。数えるふりをして狐は元いた陸に上ってしまいます。アザラシはまんまと欺されてしまったのです。しかし　その後《アト》、狐は人間の仕掛けた罠にかかってしまいます。

この話は登場人物こそ違いますが、『古事記』（七一二年成立）上巻の神代《カミヨ》の巻の「稲羽の素兎」をみる思いがします。

欺したつもりが、結果として逆に人間によって遣《ヤ》り込《コ》められてしまいます。古事記では欺ましたつもりが、余計な一言「汝《ナ》は我《ア》に欺《アザム》かれつ＝お前は俺に欺されたな」と言ったために最後尾のワニに捕まり皮をむしりとられてしまいます。不要な言葉を慎むという教え、教訓が示されております。[2]

3　一つ二つ三つ

ある日の夕方、娘のいる家に美男の者が入ってきて「婿《ムコ》になりたい」といいます。その男は宝物《タカラモノ》が一杯入っている箱を一つ持っていました。男をよく見ると、服の下に狐の尾が少し見えます。家人がそれを知り数をいわせると、三の発音が下手なので、家の戸口を全部閉めて犬を放します。久しくしてみると、赤狐が死んでいました。箱の宝は木の葉ばかりでした。[3]

4 化け狐─その1

ある村の外《ハズ》れにおじいさんとおばあさんの二人が居りました。ある時、隣村へ行ったおじいさんが戻る途中、狐が波打ち際で水を口に入れ、上を向いたり下を向いたりしていました。それを見ていると、狐はおじいさんとそっくりになりました。自分とそっくりなもう一人の自分がやがて家に入りました。びっくりした本物のおじいさんは犬を戸口から入れ、その後から家に入りました。おばあさんはおじいさんが二人いるのでびっくりしております。犬は化けたおじいさんに跳び付いてかみ殺しました。[4]

5 化け狐─その2

川辺に夫婦者が住んでおりました。浜で一休みして自分の家の方を見ると、狐が一匹おります。黙って見ていると、砂浜に転んだり、背中を擦り付けたり、天を拝み、海、山を拝んだりした後、男とそっくりに化けました。化けた男が家に入っていったので、本物の男は犬を家に放し、戸を閉めました。犬は狐を噛み殺しました。妻はてっきり夫だと思っていたと言いました。[5]

6　狐と犬

本書、93頁に見える『続古事談』巻六の漢朝の話とそっくりのものです。ベーリング海の左側、チユコト半島に住むチユコト族にみえるものです。

7　知恵のある北極狐

北極狐が歩いていると、羆《ヒグマ》と出会い、義兄弟の契《チギ》りを結びました。不意に大鹿を見つけました。羆が噛み殺し、食おうとすると狐は「冷めて固まってからにしよう」といいます。それでは、と翌朝まで待つことにして羆は寝入ってしまいます。その隙《スキ》に狐は大鹿の皮の下の脂身をかき出して襟の裏に隠してしまいました。翌朝羆が大鹿の脂身のないことに気付き、狐に言うと、鴉《カラス》がやったのさと聞き流して歩きはじめます。幾日も歩くうちに羆は腹ペコになりますが、狐は脂身を襟から取り出して食べているので平気です。

このことに羆が気付いて狐に言うと、狐は「自分の内臓を取り出して食っているんだ」と答えます。羆はその気になって自分の内臓を取り出して食おうとして死んでしまいます。羆を半分位食い尽くした頃、又、別の羆に出合いました。その羆も計略にかけて殺し、その肉を食いました。更に狼に出合いました。狼の持っている雄羊を計略にかけて取り、その肉を一人占めにしました。[6]

8　上の者と下の者

上の者と下の者がいました。下の者が湿地で焚火《タキビ》をし、死んだふりをし、その傍で女房が泣いていました。それをみて狐が寄って来て、本当に死んでいるかどうかを試すために金の棒を焼いて、男の尻の中に入れようとしました。男はうまく脇の下へそれを引き込みました。狐は死んだものと思い、傍にあった酒を飲んで寝てしまいました。そこで男は起きて女房と二人で狐を殺して良い生活になりました。そこへ上の者が来て、下の者の話を聞いて真似をしました。ところが上の者はつい可笑《オカ》しく笑ってしまいました。怒った狐達に本当に真っ赤に焼けた金を尻の穴に突っ込まれて死んでしまいました。[7]

9　化けそこなった狐

あるところに鍋《ナベ》を上手につくる神様が居ました。そこに嫁が来ることを占で知った狐は、自分が嫁になろうと思いました。先回りをして、樺の木に行ってあかんべをすると木の皮がはげたので、カバンをつくり、松のヤニでうばゆり団子をつくり、樺《カバ》の木に出る黒いサルノコシカケを玉にしてもう一つのうばゆり団子をつくりました。次いで、科の木のところへ行き、又、アカンベをして皮を剥ぎ、その皮で荷縄を作りカバンを背負って嫁に化けて神様のところへ行きました。ところが、神様が見ると口が耳のところまで裂け、サルノコシカケを焚いていると股間《コカン》に大きな尻尾が見えるので、神様が不思議に思ってそれを指摘すると、見破られたと思って狐は逃げてしまいました。その二日後、本物の娘が来て幸福に暮らしたといいます。[9]

10　狐とカワウソ(1)

ある時、狐がカワウソの獲った鮭を横取りにして雪原を逃げたところ、カワウソに追いつかれ捕まりそうになり、なんとか木の上に逃げ延びました。木の下で張り番をしているカワウソがうと〱していると狐はそのスキに頭を踏みつけて逃げてしまいました。六つの山と谷を越えて狐の家に辿り着くと、狐はスジコの料理をし始めました。そこに追ってきたカワウソが突然顔を出したのでびっくりしていると、カワウソはいきなり狐の身体にスジコをかぶせました。それからのち、狐は筋子色になり、木の下で踏まれたカワウソは頭がつぶれたままになったのだそうです。[10]

11　狐とカワウソ(2)

狐が川に行って大きな鱒を一尾獲って袋に入れて歩いていると、カワウソが川上からおりてきて、少しくれといいました。狐が断ったところ、カワウソは鱒の頭をつかんで引っぱりました。その時、鱒の筋子が狐に付いて狐の毛が赤くなりました。そして鱒の黒い血は飛び出てカワウソの身体にかかりました。このことが原因で、狐は赤く、カワウソは黒くなったということです。[11]

12　狐に捕まった日の神

夜も昼も世界を一人で照らしている日の神がいました。その神も年をとり息子に代わることになりました。ところが、その息子に代わって日の神の座につこうとしている悪い狐がいました。その狐は神の息子を森の奥に囲って閉じ込めてしまいました。悪狐は神の息子の張り番を自分の娘たち（六人姉妹）のなかの末娘にさせました。上の五人に比べてその末娘は気持ちの優しい子で、神の息子にも優しく接していました。そうしている内に、末娘は親狐と五人の姉娘が秘かに密談して神の息子を殺そうとしているのを知ってしまいました。

六人の娘が同じ姿で並んで、殺害を試みましたが、末娘の機転により殺害は失敗に終りました。一方で、日の神は子供が居なくなり悲しみにくれ、とうとう病気になってしまいました。日の神は黒雲が身体にのしかかった時に、落ちそうに成るくらい弱っていました。しかし、その時、人の声がしたので、下を見ると下界の村人が何かを追い、その内一本の矢を黒雲に向けて放ちました。黒雲に刺さると、血を噴いて落ちていきました。すると、同時に森が急に明るく新しい光が空に舞い上がりました。

神の子が戻ってきたのでした。それから神の子は月になり、心の正しい狐の末娘は日の神となって昼の世界を照らすことになりました。だが悪い狐は今でも隙を狙っているので、時々日蝕や月蝕が起こるのだということです。[12]

13　狐女房

仲の良い夫婦が居りました。ある時、夫が山に行っている折に狐が化けた一人の女が来ました。妻はとりあえず御馳走を出してもてなしました。その内、眠くなり気がついたときにはその女に蛙にされていました。そしてその女は妻の姿に成っていました。夫が帰ってきた時、泣きながら家に入ると、蛙の姿で蛙の声だったので、その女に殺され、ゴミ捨て場に捨てられてしまいました。それから、その女は夫と仲良く暮らし始めました。

ある時、夫に変だと気づかれ、調べられた時に、その女は全てを白状しました。しかし、夫は許さず、切り捨て地獄へ踏みつけてやりました。それからは狐は人を騙さなくなったということです。[13]

さて、以上を通して北方民族、主として樺太をはじめ、北海道のアイヌ等を見てきましたが、ここには幾つかの特徴を見ることが出来ることに気がつきます。

第一は、日本の昔話や民話に共通のものがいくつかあることです。

例えば、2の「狐とアザラシ」を見ますと、登場人物こそ異なりますが、『古事記』に出てきます「イナバの白兎」を見る思いがします。あるいは3の「一つ二つ三つ」は現在でも我国の狐譚にはよく出てきます。我国の狐譚でもやはり「三つ」という発音がカギとなることが普通です。その他、4・5の「化け狐」は我国の各地に見られるもので、古典でも第一章の『日本霊異記』をはじめ、第二章の『今昔物語集』等に見えた発想と伝統のあったことを思い出します。このように、樺太アイヌの狐譚は日本のものと非常に近いことのある点が注目されます。

第二は、妖異性というものの強いことです。

これを怪異性といってもよいですが、右で見ました4・5をはじめ、13の「狐女房」等にそれを指摘出来ると思います。

4・5をはじめとする右のもの等いずれもそうで、老人に化けたり若い女性に化けたりしています。

第三に、中国と関連のある民話のあることです。

それは12の「狐につかまった日の神」で、「中国民話に見る狐」の3「囚われたお月さま」と発想基盤を一にしていることです。

このことは、日本の狐譚や朝鮮のもの等と同質のものが多くある事を考え合せます。その延長線上のものとして捉え、理解することが出来るものです。換言するならば、偶然における一致というのではなく、伝播関係においてのものを感じさせることです。

第四に、相違性の妙です。

13の「狐女房」を見ますと、狐が女房に化けるのは日本の狐譚では日常茶飯事でありますが、相手である本妻をこのような型にするのは一つもありません。あるいは8の「上の者と下の者」という上下関係の対比が面白いと思います。アイヌの民潭では時折、この形が出てきますが、その時、いずれも下の者が善者で上の者が悪者と対照で扱われています。この点、我国では上下はむろん、左右関係もはっきりしません。ただあるのは、よい爺さんがいて、その隣に悪い爺さんがいて、というもので、その隣が右であるか左であるのか、そんな事は全く問題になりません。が、アイヌのそれは右に見ましたように、この点、厳然たるものがあります。そこに相違性のおもしろさを見るのです。

第五に、狐譚が多くその内容が豊富なことです。

それは、朝鮮、中国の場合、狐譚を見つけることが大変ですが、アイヌ等、北方民族のそれは多くあるようで先に見てきたように見つけるのは比較的楽です。その上、今回取り上げた一三話を見ますと判りますように様ざまなものがあります。

これは、北極をはじめ、北方の動物分布の少なさと生活圏にいる狐との密接な関係の表れからであろうと思います。

厳しい自然環境の中に生活している人々が、自分達の厳しさを身近にいる狐に投影した結果が、このような関係を成す土壌としてあることを意味するのであろうと思います。

ここに狐と人の関係を見るのです。

注

1　山本祐弘著『北方自然民族民話集成』(68年11月・相模書房)82〜83頁。
2　1と同じ。但し、83〜84頁。
3　1と同じ。99〜100頁。
4　1と同じ。100〜101頁。
5　1と同じ。101〜102頁。

6　渡辺節子訳「アジア・エスキモーの民話」(「季刊・民話」3号・75年6月・民話と文学の会) 116〜119頁。
7　更科源蔵著『アイヌ民話集』(63年9月・北書房) 31〜33頁。
8　7と同じ。但し56〜57頁。
9　7と同じ。62〜63頁。
10　7と同じ。64頁。
11　7と同じ。77〜81頁。
12　浅井亨編『アイヌの昔話』(「日本の昔話・2」72年12月・日本放送出版協会刊) 73〜75頁。
13　12と同じ。

二　朝鮮民話に見る狐

1　九尾狐

ある人が路傍で小便をすると、それが白骨にかかってしまいました。その者が白骨に冷たいかと聞くと、冷たい、温かいかと聞くと温かいと答えるので薄気味悪くなり逃げ出してしまった。すると、その白骨が追いかけてきた。酒屋にたどり着き、そこで騙し待たせて裏口から逃げることができた。数年後、その酒屋の前を通るともう一軒別の店があるので、そこに寄って、数年前のことを言うと、お前であったか、今まで待っていたのだ、と言ってそこの女は九尾狐に化けてその男を喰い殺してしまった。[1]

2　狐妹と三兄弟

ある金持に三人の息子が居ました。しかし、娘が居ませんでした。ある時、娘が生まれました。父親は娘を蝶よ花よと大事に育てました。ところが、娘が成長してくると不思議に毎夜、牛小屋の牛や馬が一頭ずつ死ぬのでした。父親は息子に家畜の見張りをさせると、息子が言うには、妹が夜中に牛小屋の牛の肛門に手を入れ生き肝を食べている、とのことでした。父親は「そんなバカな」と言い、逆にその報告をした二人の息子を家から追い出してしまいました。ただ、偽りの報告をした末弟だけは残りました。

追い出された二人の兄は道士のもとへ行き、勉強し、三種の瓶《ビン》を贈られるまでに成長しました。そして、我が家へ帰ってみると、皆、妹に食い殺されていました。兄達は妹に水汲みに行かせている間に逃げることにしました。しかし、見つかり、危うく殺される寸前にまで追い詰められました。兄達は道士に贈られた三種の瓶を使い、ついに狐と化した妹を成敗しました。

三種の瓶とは第一が白い瓶で、それを投げるとたちまちトゲの木が密生します。第二のそれは赤い瓶で、火の海と化します。第三の瓶は青い瓶で、一面が海になるのでした。[2]

3　中国の狐皇后

現在はおろか未来をも熟知するという不思議な兄弟がいました。ある夜、二人の寝ている部屋に死体が転がっていました。翌日、古木に火をつけ、死体を燃やそうとすると、二匹の狐が逃げ出しました。一匹は殺しましたものの、他方には逃げられてしまいました。

暫くして、中国の皇后が病気になりました。皇后が言うには自分の病気を治せるのは、その兄弟の弟の方しかいないとのことです。家来達はその弟を探し出し、弟は皇宮へ行くことになりました。

その折、兄は詩を詠むことで役に立とうといいました。案の定、皇帝の命令で、作詩をする破目になりました。兄弟は兄の作った詩を利用してその命令を切り抜けることができました。その後、皇后に会い脈をとることにしました。すると、その手は手袋をしていまいた。そしてよく見ると、その下は狐の手でした。弟は剣を持って后を殺しました。殺された后は大狐でした。

先年古木より逃げた延びた狐が仕返しのため、美人に化け皇后となり、その機会をうかがっていたのでした。[3]

4 旅人と狐と虎

ある旅人が山路に迷い込みました。一軒の家を見つけたので、訪ねるとそこには一人の美女が住んでいました。

美女が一人だけなので不安を感じ、台所へ行った後に覗き見ると、狐がそこで剣を磨いていました。旅人は驚いて逃げ出すと、その途中に高い楼閣が目についたので、その中に慌てて飛び込みました。するとそこは化け狐の子の家でありました。旅人は捕まり牢に入れられ、殺されそうになりました。旅人は水を一杯飲みたいといって、甕に入れて持ってきてもらうように頼みました。そして、その水で壁を湿らせ弱めて蹴破りました。ところが、壁の外側は絶壁で、旅人はその勢いのまま落ちてしまいました。

落ちたところ、そこは虎の背中でした。旅人は虎の穴に連れ込まれ、子虎に餌として与えられました。母虎は与えたのち出て行きましたが、旅人は子虎を殺し、穴の外の大樹に登りました。

一方、狐は旅人を虎にとられたと思い、大挙して虎の穴に闖入《チンニュウ》した。ちょうどその時、母虎が戻ったところ、子供が殺されているのを知り、それが狐の仕業と思い、激怒し狐を皆殺しにしてしまいました。ただ、その戦いで虎も疲れ倒れてしまいました。

そうこうしているうちに、旅人は狐の家に行き、財宝や狐の家の下人まで奪い、以後、安楽に暮らしたということです。[4]

5　鬼と遊ぶ

昔、新羅の都に絶世の美女がいました。この美女の噂はすぐに広がり、その噂を耳にした王は、彼女のもとに使いを送りました。しかし、「忠臣二君に仕えず、貞婦二夫にまみえず」といって、断られてしまいました。

あきらめ切れない王は、夫が居なければ従うかと、使者を通して問いかけると、女はそうですと返事をしたものの、最後は王の要求に応えました。ところが、その年のうちに、王は死に、夫も不帰の身となりました。往時のことを思い、夫の冥福を祈っている折に、死んだはずの王が現われました。そして、七日の間を共にすることになり、やがて、女は男子を産みました。名前を鼻荊と付けました。

その男子は聡明で人間離れの神技を演じ、やがて王に仕える身となります。しかし、夜になると天空高く飛んで川原の鬼と遊ぶなどしました。そうしているうちに、鬼の仲間で吉達という者を王の側近に推薦しました。吉達は臣下の養子に推され、そこで建立してもらった南門楼に泊まり、家には帰らなくなりました。しかし時がすぎると、吉達は急に鬼の世界が恋しくなり、狐の姿になって逃げ出してしまいました。怒った鼻荊は吉達を追いかけ、鬼の仲間の前で首を切って処刑しました。それ以後、鬼は鼻荊の名を聞くと恐れて逃げるのでした。[5]

6　病気のトラ

むかし百獣の王たるトラが病気になりました。あらゆる動物が見舞いに訪れましたが、ただ狐だけが来ませんでした。狼は狐のことを快く思っていなかったので、これを機に狐を滅ぼしてしまおうと考えました。そこで、トラのところへ行き、狐だけが来ないのは怠慢で死刑にも相当すると言い含めました。

しかし、丁度その時狐がその話を聞いていました。狐は狼と入れ代わりにトラの前に進み出て、見舞いに来るのが遅くなったのは、真に大王たるトラの身を案じ名医を見つけていたためとの旨を進言しました。そして、トラの病気に最も良いのは狼の生肝ですと教えました。このため、狼はトラに殺されました。ところがトラの病気はよくならなかったとのことです。[6]

7　末世の怪物

百済国が滅びる前年、狐が異常発生しました。あらゆる悪戯をしたのち、かき消すようにいなくなりました。巨人の女が流着したり、水という水が赤くなるなど、様ざまな天変地異が生じました。そうした翌年、百済国は滅びたのでした。[7]

8　巨人の怪物退治

四人の巨人が故郷に帰る際に、山路に迷ってしまったところ、娘がたった一人で居る家に辿りつきました。母を怪物に連れ去られたという娘の歌を聴き、巨人達は怪物退治を約束して、怪物の家を目指しました。怪物の所へ行き戦うも夜間のせいもあり、四人の巨人は苦戦しました。なんとか各自の持ち味を生かして朝まで戦いを引き伸ばすと、怪物は天空での勝負を挑みました。巨人達はそれに応えて空中戦をし、ついに退治することができました。すると、その怪物は黒岩に変わり、怪物の相棒というおかみさんは怪物が退治されると尻尾が九本の狐になって逃げ出しました。しかし、巨人に捕まり、バラバラにされてしまいました。

巨人は怪物の住家の蔵から金銀等の財宝を開け、さらわれた人々を残らず助けることが出来ました。[8]

9　狐と犬との争い

ある暖かい日、狐と犬が出会いました。暫らくして一休みしようとしたところ、岩の下に肉のかたまりがあるのに気がつきました。狐と犬はそれぞれ、独り占めしようとします。しかし、お互いうまくできずいるうちに「誰かに判断してもらおう」ということになりました。二匹は猿のところへ行き、判断してもらうことにしました。

ところが猿も肉のかたまりを欲しくなりました。何とか独り占めしようとして、考えたところ、半分ずつにすることでした。ただし、公平に二等分したのではなく、大・小に二分したのでした。片方は大きく、もう片方が小さいということになるので、猿は大きい部分を少し食べてしまいますがどうしても公平にはならず、多い部分を食べているうちについに全部を食べつくしてしまいました。

猿はばれるのが怖くなり、すばやく逃げ去ってしまいました。狐と犬は互いに相手をぼんやりとながめているだけでした。

10　狐狩りの棍棒

昔、ある若者が山からの帰り道、人でもなければ鳥でもない変な笑い声を耳にしました。声の方を見ると、狐が一匹、しゃれこうべを顔につけては磨き、磨いてはつけたりしていました。そのうちにどうにか顔につくようになり、幾度か宙返りをすると白髪の老女に化けました。

若者は気づかれずに追って行くと、三つ目の村の一番大きな家にその老女が入っていきました。若者は樫の枝の棍棒を持って、その家を訪れ、そこの主人に「旅の者だが、不善をなす者がいたり、虎や狐が人間に化けたりすることがあると、この棒がひとりでに躍りだすのだが、今、この家のところで躍りだしたので、寄って見た」と言うのでした。若者は主人の了解を得て、部屋を一つ〳〵まわり老婆のいる部屋を開けるや否や有無を言わさず脳天めがけて棍棒を振りました。すると、脳天を割られて死んだ狐の姿が現われました。主人はびっくりするとともに、その若者に感謝しもてなしました。さらに、その棒を五百両で譲り受けたのでした。

今度は主人が太く長いその棒を持って化け物退治に歩いていきました。長いこと持っていたので腕が震えだしたのを、棍棒が躍っていると思い、そばを通っている婆様を引っ叩きました。しかし、婆様は尾を出さないので、なおも打ち続けました。すると、婆様の息子と思われる若者に捕まり、今でも極の中にいるとのことです。[10]

さて、以上見てきた民話について、ごく簡単に解説をしてみましょう。

朝鮮の民話を読んで、第一に感じますのは、我国のものに比べて凄《スゴ》みがあることで、それは物語に近い性格をもって扱われていることです。1の「九尾狐」に見る狐―白骨―酒屋の女―の複雑な形は、我国では近世期の「絲車九尾狐」の創作物に見られる位で民話といわれるものには寡聞にしてききませんし、見当りません。その他にせよ、我国の狐は陽気で人を化かしへこませることはしても4の「旅人と狐と虎」に見ますように刃物を研ぐことはしません。これなどはあたかも我が中世における謡曲の「安達ケ原」の鬼婆の一面を思わせるものです。

こうした凄み、あるいは恐ろしさをもって迫ってきますところは、我国とは異なる性格の最たるものといえましょう。

第二に「美女」に化することです。これは第一とは逆に我国の元形ともいうべきものです。というのは、中国の現代の民話は狐＝美女の型はなく、あってもそれは少ないのです。又、中国の古典における狐は先の第三章で見ましたように比喩としての本来の狐か美女、それに学僧等の男性に化する形に分類されます。しかし、この流れの内、美女の形が前面に出てきたのが朝鮮の狐譚です。ただこれが古代の朝鮮の説話類においてどうなのか、稿者には分からないのでなんともいえません。即ち、中国の古典の形が朝鮮で展開し、その中で現代では美女の形が前面に出たものか、中国の古典の内、美女の形が早くそして多く取り上げられ、それが縦の関係において展開したのか、という点においてです。

第三に、我国においての狐譚は、人間と共存する形で扱われています。が、朝鮮でのそれは人間に対照するものとして多く扱われていることであり、大げさな言い方をしますならば、人間と敵対関係にあるといえるものです。それに較べて我国のは時には人を助けることもあります。その例を福島県ので見ますなら次の如きものです。

吉良邸の家臣に彦宗という者がいました。赤穂浪士の討入りにより深手を負い、刀を杖にして外にのがれ出た時に、「生まれ故郷の郡山まで連れて行ってやる。背に乗るがよい」という声とともに白狐が現れました。

彦宗は気がついた時は実家の庭でありました。吉良の屋敷に妻恋稲荷というのがあり、彦宗はそれを日頃熱心に信仰していたので、その稲荷の奇特であろうと考え、のちに分霊、祝ったのでした。[11]

というものです。

ここには稲荷信仰と結びついた型をとりますが、狐が人を助けることになっています。その他、恩を返す狐、危機を救う話等、少しく狐の民話を紐解くならば気の付くところです。

しかるに、資料不足、寡聞のためか、朝鮮での民話にそうしたものを見ることは出来ず、先に見ました様に、人間に敵対するものとしての狐です。そこに彼比の相違の一つを見ることが出来ると言えましょう。

第四に日本では狐と狸は入れ代えが行われる位、両者の関係が密であります。しかし、朝鮮では厳然たる区別があるとのことです。

朝鮮のむかしばなしと日本のむかしばなしとは、似とるところも多いのじゃが、違っとるところも、また多いのじゃ。

日本のむかしばなしは、狸がぎょうさんでてくるのじゃが、朝鮮のむかしばなしには狸はただの一度も出て来ねえ。狸もちゃんといるのじゃが、朝鮮の狸は、きっと日本狸ほど、人びとに可愛がられていないのじゃろ。

そのかわり、狐がぎょうさん出て来る。朝鮮の狐は、日本の落語の王子の狐のように、間の抜けた狐は一匹もござらぬのじゃ。[12]

これは、両者の関係をうまく言い当てています。

たしかに稿者如き素人が朝鮮の民話にあたり狐譚を探すには、中国のそれに較べてずっと楽です。それは又、変化の富んだものでもあります。

こうした両者の相違の中に、その国民性を見ることになります。

それは、厳しいといっても、同一種族で島国の日本と、常に外敵に脅かされている大陸という性格、並びにそこからの気象的影響による、現実的、実存的人生観の民話へのかかわりの結果であろうと思うのです。

注

1 岩崎美術社刊「民俗民芸双書・七—朝鮮の民話」(一九六六年七月刊・孫晋荼著)の85〜86頁。
2 1と同じ。89〜92頁。
3 1と同じ。97〜98頁。
4 1と同じ。241〜243頁。
5 申来鉉著「朝鮮の神話と伝説」(太平出版社)115〜125頁。
6 山室静編著「新編世界むかし話集8・中国・東アジア編」(一九七七年一月・社会思想社刊)115〜118頁。
7 松谷みよ子・瀬川拓男著「朝鮮の民話」(一九七三年十一月・太平出版社刊)125〜128頁。
8 7と同じ。184〜189頁。
9 崔仁鶴編著『朝鮮昔話百選』(一九七四年十一月・日本放送出版協会)28〜29頁。
10 許集編『朝鮮のむかしばなし』(一九七九年七月・朝鮮青年社)40〜45頁。
11 畠山弘著『東北の伝奇』(一九七七年一月・大陸書房)205〜206頁。
12 10と同じ。40頁。

三　中国民話に見る狐

1　お狐様の帽子

ある農夫が田畑にいると、楽器の音が聞えてきました。しかし、誰が演奏しているのか、姿が見えないので、不思議に思っていると、楽器の音がする、すぐそばにワラ帽子がありました。農夫は試みにそのワラ帽子を被ってみることにしました。

飯時になり、母親が昼飯を知らせにやってきました。ところが、息子の返事は聞えるが、姿が見えません。母親がさらに呼びかけると、息子は帽子を脱ぎ、その途端に姿が現われました。これはきっと「お狐様の帽子」だ、ということになり、農夫はその帽子を使って悪だくみを考えました。姿の消えるのをいいことに、ドロボウ等の悪事をはたらいて金持になり嫁も貰うようになりました。

ある時、農夫は帽子を使い古したので、縫えばよいと思い、妻に縫わせました。そして、それを被って行ったところ、姿が消えず、捕まってしまい、ついに刑場の露と消えました。[1]

2　ジャランジャラン

興安嶺の山中に未だ人の入らない昔々の話です。その山の麓にある沼のそばでウサギが昼寝をしていました。ゴソッと音がするので、見ると狐がいました。ウサギは沼にはジャランジャランという獣がいるので震えていたと狐に言いました。本当はそれは枯葉が沼に落ちる音でしたが、ウサギはそう言って一目散に走り出しました。

狐はそれを見て、恐ろしくなり後に続いて走り出しました。

丁度、その様子を狼が見ていました。狼は狐を獲って食おうと思っていましたが、狐からその理由を聞いて、やはり走り出しました。次に虎が出てきましたが、これまた走り出しました。最後に大王のライオンが四匹の獣が死に物狂いで走っているのをみて理由を聞きました。すると「オレ様は大王だから、それをやっつけてやる」と言い出しました。

それから全員で沼に行き、ライオンが沼の中をのぞきました。沼には自分の顔が映っていましたが、自分の顔だと分からず、怪獣だと思い飛び込み、浮いたり沈んだりしていました。それを見て、ライオンだけに手柄を立てさせまいと、虎、狼、狐と次々と飛び込みました。久しくすると、四匹の死体が浮いてきました。ウサギはまた、昼寝のため洞穴に入っていきました。[2]

3　囚われたお月さま

その昔、善良な農夫のガンズと絶世の美女のマーシャという夫婦がいました。ある時、月　が隠れて幾日経っても、幾ヶ月過ぎても出ることはなく、下界は闇夜になってしまいました。そうしているうちに、マーシャが山奥へ入っていくと、洞穴に鎖につながれた兎がいました。さらに狐の精の仕業で月の女神も囚われの身となっていたのでした。マーシャは兎とともに、月の女神を助けることが出来ました。

マーシャは女神達を助けることは出来ましたが、自分は囚われの身となり、まだら蛇にさせられてしまいました。夫のガンズは女神と兎の協力で、マーシャのところへ行き、まだら蛇のマーシャを山の神の協力のもと竜に化身させることができました。そして狐の精をやっつけました。狐の精は元の狐となり死んでしまい、やがて月の女神も夜を昼のように照らしました。人々は元のように、夜の一時を楽しむことが出来るようになりました。[3]

4　きつねの宝物

狐やイノシシ等の多く出る村で、ある元気の良い子供が網を張って獣がかかるのを待っていました。すると、けだものの足音が近づいてくるのが聞えました。その音はこちらの様子を窺っているようだったものの、その内にこちらに向かってきました。
けだものの足音の正体は若い娘でした。ところが、その娘の前を鼠が通り過ぎようとしたところ、その鼠を食べてしまいました。子供は大声を出して飛び出すと、娘もびっくりして逃げ出しました。と、その時足を網にとられ、捕まってしまいました。子供は娘をグルグル巻にして、殴りつけました。娘はぐったりして動かなくなったので、池に投げ込みました。

翌朝、子供は気になり池の中をのぞいてみると、娘が生き返り動いていました。このため、今度はオノで腰のあたりを切りつけると、動かなくなり大きな狐になりました。その狐を家に持って帰る途中、お坊さんに会うと、「助けてやりなさい」と言われました。さらに「狐の口の中に小さな玉がある。それは宝物なので、手に入れたら、世の中の人達がお前を可愛がってくれるだろう」と言うのでした。

子供は言われた通りにすると、口から玉が出てきました。そしてそれを大切に身に着けました。その後、皆に可愛がられ幸福な一生を送りました。[4]

5　ざくろの王さま

アーム・タックという貧乏な青年がいました。彼の唯一の財産はざくろの木でした。ゆえに、この木を大切に守り育てていました。

ある日、狐がやってきてざくろを食い荒らしてしまいました。アーム・タックは策を用いてその狐を捕まえました。そして、狐を打ち殺そうとしたところ、狐は助命を願い、「一生助けるから」というので、許してやることにしました。狐は王女を嫁にして、アーム・タックを王様にしてやると約束しました。その結果、狐の智恵により仕立て上げられ、本当に王様になりました。[5]

6　狐とからす

ある時、木の上の烏が肉を一切れ銜《くわ》えているのを狐がみました。狐は「老子」や「荘子」の言葉を例にして烏を褒め上げました。すると、烏は狐の言葉に返す形で「どういたしまして」と言った途端に肉を落としてしまいました。狐はすかさずその肉を食べてしまい、食べ終えた時、「人が理由なく褒める時は、きっと下心があるものだから」と言ったとのことでした。[6]

7　親切な狐と悪い狐

むかし、ある男が狐を敬い祭壇を立てて大切にしました。すると、商売をすると儲けるし、畑を耕すと二倍の収穫を得、日毎に財産が増えるようになりました。太平天国の乱の時は親類に穀物を全部あずけて難を避けることが出来ました。その親類に一人の息子がいました。酒とバクチが好きで、無断で穀物を持ち出したりしました。それにもかかわらず、乱が終えて穀物を引き取るときには倍になっているのでした。

一方、隣に勇気があり剣術に長けた裕福な男がいました。しかし、年をとるに従って、力が衰え、財産が減り始めました。すると、一匹の狐がその家を襲うようになりました。男は令法使に頼んだり、道士に来てもらったりしましたが、一向に悪戯が治まる気配がなく、とうとう財産はなくなってしまいました。そして、男はわら小屋に引越しました。

ある夜、酒を飲みながら、中庭の隅を見ると、目の光った犬位の動物がうずくまっているのをみました。気づかぬふりをして狩りのムチで力を振り絞って打ち付けると、額の上にあたり塀の向こうに落ちてしまいました。しかし、男が塀の向こうを探して見てもその動物は消えていました。その後はその動物は出てくることはなかったが、一家は落ちぶれたままになってしまいました。[7]

8　自慢くらべ（台湾）

ある時、狐は豚を無用の長物扱いし馬鹿にしました。豚は自分達は神様への供えに欠かすことができないと反論しました。そこへ羊がきてこれまた自分はいかに優れているかと自慢をしました。すると、得物を狙っていた虎がやってきて、この3匹を皆殺しにして食べてしまいました。虎が去ったあとに熊がきて、その残りを腹一杯食べてから独り言を言いました。「弱い奴に限って自慢するのがうまいが、所詮、彼等は我々猛獣のご馳走でしかないのだ」[8]。

9　悪い兄と善い弟

両親が死んでしまい、兄の世話になって酷使される弟がいました。ある晩、兄は酷使する自分を諌める両親の夢をみました。嫁にそれを話すと、成仏できない両親が夢を利用して弟に仙道修業をさせたがっているのではないかといいました。兄はその事を弟に話し、修業に出させました。そして弟の財産も手に入れてしまいました。

弟は修業の途中、八人の仙人が喋っているのを偶然聞いてしまいました。その内容は、ある花園に行くと白狐が出てきて、口の中から一粒の珠を吐き出すというものでした。弟は早速その場所へ行くと、白狐が出てきて口から珠を出したので、それを奪って逃げました。そして、それを持って海辺に行き龍が居たので、仙山に渡してくれと狐の珠を託しました。その代わりに龍の珠をもらい山上に向かったのでした。こうして山上の仙人の仲間に入り、修業を重ねました。成仏できずに居た父母は昇天することが出来ました。

十余年経ち、兄のところへ行くと、兄は乞食同然でありました。しかし、泣いて喜んで迎えてくれました。ただ、欲の心が強い兄は変わっておらず、弟のように仙人になりたいと思うようになりました。そして、兄は仙山に帰る弟を追って行きました。その途中、兄は仙人に会いました。ところが、仙人はこの男（兄）は悪い奴だと見抜き八つ裂きにし、腹に収めてしまいました。[9]

10　花嫁狐

ある地方でカゴ屋が新婦を迎えるために出向きました。迎えたのち新夫宅へ行く途中、谷間のところで一陣の風が吹きました。新夫宅に着き、戸を開けるとカゴの中に二人の花嫁が居ました。見た目も全く同じでした。このため、母親を呼んで判別させましたがわからず、名判官をしてようやく一人が狐と判明しました。狐の女は恩返しのために来たといいました。そこで、同時に結婚させることにしました。その後、狐の妻には子供が出来ましたが、人間の妻には一人も産まれなかったとのことです。[10]

このように、中国の民話を通覧してみますと、幾つかの気のつくことがあります。その一つは、形には出来ないが、狐譚が意外に少ないことです。その点では朝鮮の方が検出しやすいことです。

さて、幾つかの傾向の中で、古典とのつながりが目にとまります。4の「きつねの宝物」などはその一つです。これは先に第六章の「広異記に見る狐」の2の「きつねの珠」に見たものの現代版であり、一二世紀の歴史の流れをくぐってきたものです。

中国の民話を見ますと、古典とのつながりが意外に強いことに気がつきます。妖怪は資本主義の産物である[11]とする現代社会主義国中国のこと故、民話における伝統性や古典との関係の拒否（否定）が強いのかと思い見ますに、実際はどうもそうではなく、右の狐譚をはじめ、人虎伝如き、虎の民話等においてそのつながりの濃いことに気がつきます。

なお、狐の宝生、狐の宝物としてこれと大同小異、同一発想の民話は日本にも多く、殊に東北地方に多くあります。先に第五章の第六話の中の「狐と宝生の玉」もその部類のものです。

第二は、中国ということでなく、右に見てきた北方民族や朝鮮等、隣接諸国での狐譚で共通しながら、我国のものと異なることは、「憑き」現象が見えないことです。我国のものでも憑きものは狐譚にはほとんどありませんが、全くないわけではありません。その点、これら諸国においては、資料博捜の不備のためか、見出すことが出来ないことです。

第三に教訓性の強いことです。たとえば6「狐とからす」や8「自慢くらべ（台湾）」で見たようにです。

これは一つに、社会主義国中国の思想が民話に有識か無意識かは別として、働いていることと無関係ではなさそうです。というのは、狐譚に限らず、大戦前の資料とそれ以後、殊に近年のものを対比すると気のつくことです。

第四に、筋は違っても、中国は隣人だなあとしみじみ思うことです。10「花嫁狐」をみますと、内容は日本のものとは異なりますが、同一の顔の女というのは今迄に見てきました様に古典をはじめ多くに見えたものです。それは現代の民話にも息ぶいている形のものです。あるいは9「悪い兄と善い弟」というのもベトナムをはじめ中国、日本の民話に見える形のものです。

日本のは「山の神とこどもたち」や「巡礼」等言い方は地方によって異なりますが、右のと同想のもので良く知られております。ここでは一つベトナムのお話を記してみます。それは「三柱の神と巡礼」と題するもので次のような内容です。

幼い頃、両親を失った若者が、村人達の期待を背に科挙の試験（今の公務員試験）を受けたものの失敗します。ある日若者は、「三柱の神」というものがいて、苦労を重ねてきた者の悩みを聞いて正しい裁きをしてくれるということを友人から聞かされます。そこで若者は、三柱の神に会うために出かけることにします。途中、老爺と美女のいる家や、不幸に見舞われた村を通り海岸に着きます。すると、海岸で白魚が出てきて、背に乗るようにいうので、その背に乗って仙島に向かいました。

白魚の教えによると、その島につくと三頭の虎が出てくるといいます。そしてその虎に悩みを打ち明けることで正しい裁きを受けることができると教えてくれました。すると本当に現われ、最初の黄色の虎は老爺と美女の、二番目の白虎には村人の、最後の黒色の虎には白魚の悩みを打ち明けました。自分のはし損ねましたが、白魚の珠を貰い受けることによって目的を果すことが出来ました。そしてかの美女と一緒になり幸せに暮らしました。[12]

というものです。

ここでは話の筋は異なりますが、①幼少にして両親を失う②仙界を求めて旅に出る③途中様ざまな困難に遭い乗り切る④仙界は海の彼方にある⑤魚を仲立ちに辿り着く⑥若者は幸福になる―という点で共通点を見出すのです。

注

1 伊藤貴麿訳著「中国民話選」(講談社文庫)・一九七三年一〇月・39～33頁。
2 沢山晴三郎訳編「中国の民話」(現代教養文庫908)・一九七六年一〇月・社会思想社刊・145～153頁。
3 2と同じ。182～188頁。
4 前野直彬訳著「世界の民話と伝説」第七巻(一九六三年六月・さ・え・ら書房刊)83～86頁。
5 中国文学会訳『中国の民話』(一九六一年三月・未来社刊)154～164頁。
6 笹谷雅訳著『世界の民話・アジア(1)』(一九七六年一一月・ぎょうせい刊)18～19頁。
7 6と同じ。但し、58～62頁。
8 施翠峰編著『台湾の昔話』(「世界民間文芸叢書」第一期の内・一九七七年一月・三弥井書店)162～163頁。

9　沢田瑞穂訳『中国の昔話』(「世界民間文芸叢書・第一巻」一九七五年六月・三弥井書店・330〜334頁。

10　9と同じ。但し、240〜242頁。

11　中国科学院文学研究所編『妖怪変げを恐れぬ話』(一九六一年十二月・外文出版)1〜18頁に詳しい。

12　池田よしなえ編『ベトナム民話』(一九六八年三月・三省堂)67〜76頁。

主要参考文献

ここでは本章中に扱いませんでしたが、是非見ておくべきものを掲げることにしました。中には私家版もあり、入手し難いものもありますが、大半は入手可能なものです。

中村直勝他著『お稲荷さん』（昭和五一年一一月・あすなろ社）
喜田貞吉編著『憑物』（昭和五〇年六月・宝文館出版）
近藤喜博著『稲荷信仰』（「塙新書52」・昭和五三年五月・塙書房）
『季刊アニマ・NO.3・狐』（昭和五〇年一二月・平凡社）
吉江三郎著『狐憑紀聞』（「上毛民俗ノート」・奥付なし）
吉田禎吾著『日本の憑きもの』（「中公新書299」・昭和四七年九月・中央公論社）
角田義治著『当世狐火考』（昭和五二年七月・永田書房）

あとがき

狐と日本人との関わりがいつ頃から始まったものか、それはむろん分かりません。ただ、その関わり方が深く、時間的にみても長いことは確かなようです。

狐は身近な動物であるせいか、民話や伝説、あるいは文学や歌舞伎等といったものに度々登場しています。殊に、民話や伝説、あるいは信仰等の面からの狐はよく取り上げられ論述されていますが、何故か、日本文学との関わりで、これについて系統的に論究したものが一冊も目に入りませんでした。これは少々意外でした。

誰もやっていないのならば、一丁やってみよう。そう思い取り組んでみると、これがなかなか手強い。どの位、時間を費やしたであろうか。とにかく、ようやくにして仕上がったのが本書です。

文学史関係の書物を読んでいる時、その著者にとっては自明の作品の成立年代や作者名であっても、読者の側に立ってみると、不明なものが多く、不親切を感じることが幾度かあったことを思い、その点を配慮して、本書では出来るだけ数字を示してはっきりさせるように努めてみました。頭の中に具体的な数字が入り、時間の流れがはっきりすれば、理解に役立とう、そう思ったのです。

文学研究には、歴史的事実の究明と共に対象物を如何に解釈するかという、解釈学の問題があるといえましょう。その解釈こそ、著者の読みの深浅が問われる事柄です。この点を考慮して、簡明に要を得るように記述したつもりです。

本書を通読されることによって、文学史の勉強と、狐を通した日本人の精神史の一端を垣間見ることが出来るのではないでしょうか。

本書がなるには、今回も実に多くの方々の陰に陽にお力添えを戴きました。感謝にたえません。

最後に、出版の直接のきっかけを与えられた、新典社の松本輝茂社長並びに松本タケ子編集長には、心からお礼を申し上げる次第です。

一九九五年七月

著　者

著者紹介

星野五彦（ほしの　ゆきひこ）

1939年12月　東京・新宿に生まれる

1964年３月　法政大学第二文学部日本文学科卒業

1971年３月　大正大学大学院博士課程満期退学

元江戸川短期大学教授

著書『防人歌古註注釈集成』『防人歌研究』（Ⅰ・Ⅱ）　教育出版センター

『万葉の展開』『万葉の諸相と国語学』　桜楓社（おうふう）

『万葉歌人とその時代』『狐の文学史』　新典社

『文芸心理学から見た日本文学』　万葉書房　他６冊

文芸心理学に関する論文　20余本

その他多数。

検印省略

狐の文学史〔増補改訂〕

平成29年12月21日　初版第一刷

定価　三〇〇〇円（税抜き）

著者　星野五彦

発行者　星野浩一

発行所　万葉書房

〒二七一－〇〇六四

千葉県松戸市上本郷九一〇－三

パインポルテ北松戸一〇一

電話＆Fax　〇四七－三六〇－六二六三

印刷・製本　モリモト印刷株式会社

万一落丁の場合はお取替えいたします

ISBN978-4-944185-17-7 C3095